MAGISTERIUM

魔法學園

MAGISTERIUM

白銀面具

THE SILVER MASK

Holly Black

荷莉・布萊克

Cassandra Clare

卡珊卓拉・克蕾兒 著

陳芙陽 譯

凱爾

本書主角，擁有強大混沌魔法的「喚空者」。
卻因為體內住有「死神敵」靈魂的真相曝光，
被關押在監牢裡，命運未卜。

塔瑪拉

魔法教誨院四年級，凱爾的女性摯友，
在千鈞一髮之際捨棄艾倫，選擇救凱爾一命，
凱爾兩人的關係也在不知不覺中起了微妙變化。

艾倫

凱爾、塔瑪拉最好的朋友，也是強大的「喚空者」。
外表陽光帥氣、性格爽朗的天之驕子，
在與死神敵殘黨的對抗中不幸戰死。

賈思珀

魔法教誨院四年級，高大的亞裔男孩，性格傲慢，
原本與凱爾是死對頭，後來知道凱爾的真實身分後，
卻是少數不用異樣眼光看待凱爾的人。

約瑟大師

死神敵最忠實的僕從，一直致力於讓主人復活，
用盡心思想讓凱爾體內的死神敵靈魂覺醒。

埃力斯

如佛大師的助教，凱爾等人的學長，是優秀的魔法師，
但他其實是約瑟大師的爪牙，教誨院裡的內應。
他用赤銅手套殺死了艾倫，並奪走他的魔法。

塔昆

魔法公會最德高望重的魔法師之一，
真實身分是死神敵的母親，她用自己的方式，
秘密幫助著凱爾。

拉雯

原本是塔瑪拉的大姐，
後來卻因為沉溺魔法淪為火元素獸，
擁有強大的戰鬥能力。

獻給可能的邪惡雙胞胎
埃利厄斯・德洛斯・邱吉爾

第一章

監獄跟凱爾想的不太一樣。

他是看著電視的犯罪影集長大的，以為會見到教他在監獄求生，教他怎樣靠舉重練出肌肉的粗暴室友。他應該要痛恨坐牢，而且如果害怕被人用牙刷雕的尖刃捅一刀，就別和任何人有瓜葛。

結果發現，魔法監獄和電視監獄的唯一共通點就是，主角都是被羅織入獄。

每個早晨，他都是在圓形監獄各處的光線從陰暗到眩目之中醒來。他眨著眼睛，打著呵欠，見到其他犯人被放出牢房。犯人大約有五十人，他們拖著腳步離開，大概是去吃早餐，而凱爾的餐盤卻是由兩名獄警直接帶到他的門口。其中一人總是臉色陰沉，另一人總是凶狠威嚇。

凱爾在這六個月百無聊賴，他扮了鬼臉，見到那個臭臉警衛的臉更臭了。

他們都沒把他當成十五歲的小孩，全認為他是死神敵。

這段期間，沒人來探視過他。爸爸沒來，朋友也沒來。凱爾努力告訴自己，他們得不到許可來探監，但這樣也沒讓他好受一點；他想他們可能陷入大麻煩，可能希望從沒有聽過凱爾倫姆・亨特這個名字。

他吃完了餐盤裡的殘渣，然後刷牙去除嘴裡的味道。獄警回來了——又到了審問時間。

每天他都被帶到一個沒有窗戶的白牆房間，三個魔法聯合院的成員就開始拷問他的人生。這是他一成不變的日子中，唯一的漣漪。

你第一個記憶是什麼？

你什麼時候了解到自己是邪惡的化身？

我知道你說對於身為君士坦・喚豐沒有絲毫記憶，但要是你努力回憶呢？

你和約瑟大師見過幾次面？他對你說了什麼？他的基地在哪裡？他有什麼計畫？

不管他怎麼回答，他們就是一再盤問這些細節，直到凱爾自己困惑起來。他們指控他謊話連篇。

有時候，在感到疲憊又無聊時，他很想騙人，因為他們想聽的話是如此明顯，似乎直接回答比較容易。但是他沒有說謊，因為他的大魔王清單又恢復作用，任何大魔王似的行為就會增加積分，而說謊絕對會被列上一筆。

但被關進牢裡，可是很容易累積大魔王積分。

審訊官不斷提到死神敵有驚人的魅力，擔憂凱爾會蠱惑旁人加入他的邪惡計畫，因此不准他和其他犯人交談。

要不是凱爾知道他們顯然認為他蓄意隱藏了這個面貌，可能還會覺得受寵若驚。如果君士坦擁有驚人的領袖魅力，他們感覺凱爾表現出來的卻正相反。他們看起來並不期待見到他，而他也同樣不期待看到他們。

只是，那天凱爾倒是大吃一驚。走進審訊室時，他發現坐在那裡的不是平常的審訊官，在純白桌子另一頭的是，他原本的導師，如佛大師。他一身黑，光禿的棕色頭顱在明亮的光線底下閃閃發光。

凱爾好久沒見到熟人，突然有股想要跳過桌子，緊緊抱住如佛大師的衝動。只是對方怒視著他，而且如佛大師向來也不是喜歡擁抱的人。

凱爾逕自在老師對面的椅子上坐下，甚至沒招手，也沒伸手和如佛大師握手，因為他的兩隻手腕被一條牢固到不可思議的發亮金屬鎖鍊綁在身前。

他清清喉嚨。「塔瑪拉好嗎？」他問：「她是否一切安好？」

如佛大師定睛看了他好一陣子。「我不知道該不該告訴你。」他終於開口：「凱爾，我不知道你是什麼人。」

凱爾心中一痛。「塔瑪拉是我最好的朋友，我想要知道她好不好，還有小肆，甚至是賈思珀的狀況。」

沒有一併提到艾倫的感覺很奇怪，儘管知道艾倫死了，儘管他一再又一再想到他死時的狀況，凱爾還是好想念他，想念到反倒覺得艾倫死後的存在感更強烈了。

如佛大師十指相抵支著下巴。「我很想相信你。」他說：「但是你騙了我好長一段時間。」

「我別無選擇！」凱爾抗議。

「你有，你隨時可以跟我說君士坦・喚豐存活在你體內。你知道這件事多久了？你是不是要了什麼把戲，讓我選了你當門徒？」

「你說在鍛鐵試煉嗎？」凱爾不敢置信。「那時我什麼都不知道！我努力搞砸測驗——我根本不想去魔法教誨院。」

如佛大師仍一臉懷疑。「就是你努力不想通過才引起了我的注意力，君士坦必定知道這一點，必定知道怎樣巧妙操控我的想法。」

「我不是他。」凱爾說：「我可能有他的靈魂，但我不是他。」

「為了你好，暫且讓我們希望你不是。」如佛說。

凱爾突然疲憊不堪。「你為什麼要來？」他問老師。「因為你恨我？」

這句話似乎讓如佛大師吃了一驚。「我不恨你。」他的語氣悲多於怒。「我喜歡凱爾倫姆‧亨特——非常喜歡，但是，我以前也很喜歡君士坦‧喚豐……而他幾乎毀滅了我們所有人。或許，這就是我來的原因：看看能不能信任自己識人的能力……還是，我真的犯下了兩次同樣的錯誤。」

他看起來就跟凱爾現在的感受一樣疲憊。

「他們對你的審訊工作已經完成。」如佛繼續說：「現在，他們必須決定怎麼處置你。我打算在聽證會中發言，說明你剛才說的事——就是你或許有君士坦的靈魂，卻不是君士坦。然而，我必須親眼確認。」

「所以呢？」

「他遠比你有魅力。」

「大家都這麼說。」凱爾嘀咕。

如佛大師遲疑了一會兒。「你想出獄嗎？」他問。

這是第一次有人問凱爾這件事。

「我不知道。」他思索片刻說道：「我——我害艾倫被殺，或許待在這裡是我罪有應得，或許我應該留下來。」

經過這番坦承，兩人之間陷入長長的沉默。最後，如佛大師起身。「君士坦愛他的弟弟。」他說：「但是，他永遠不會說自己理應因為弟弟的死亡而受懲罰，錯的總是別人。」

凱爾不發一語。

「秘密對於守密人的傷害超乎想像。凱爾倫姆，我一直知道你有秘密，也一直希望你能告訴我。如果你有，或許事情的發展會不一樣。」

凱爾閉上眼睛，思忖或許如佛大師說得沒錯。他一直隱瞞秘密，然後又要塔瑪拉、艾倫和賈思珀同樣保守他的秘密。要是他直接去找如佛大師，要是他有去找別人，或許情況就會完全不同。

「我知道你還有秘密。」如佛大師又說，凱爾詫異地抬起頭。

「所以你也認為我在說謊？」凱爾質問。

「不是。」如佛大師說：「但這可能是你放下重擔的最後機會，也可能是我能夠幫你的最後機會。」

凱爾想到安娜絲塔西亞·塔昆，想到她是怎麼表明自己是君士坦的媽媽。當時，他不知道該作何感想，艾倫的死讓他深受打擊，他所信任的每一個人都像背叛了他，讓他震驚不已。

但是，告訴如佛大師這件事有什麼用？又幫不了凱爾，只會傷害別人，傷害到信任凱爾的她。

「我想告訴你一個故事。」如佛大師說：「以前有一個魔法師，他非常喜歡傳授知識和分享他對魔法的熱情。他信任學生，也相信他自己。當一個重大的悲劇動搖了這個信念，他了解到自己是那麼孤寂——他這一生都獻給了魔法教誨院，結果卻是一片空虛。」

凱爾眨著眼睛，非常確定這是如佛大師本人的故事。他必須承認，自己從未想過如佛有教誨院以外的生活，他從未想過如佛有假日時可以拜訪，或可以用龍捲風電話撥找的朋友、家人和任何人。

「你大可以說這是你的故事。」凱爾對他的老師說：「這樣還是可以引起共鳴的。」

如佛大師狠狠瞪了他一眼。「好。」他說：「第三次魔法世界大戰之後，我面對了我選擇的人生所帶來的孤寂。而命運使然，我很快就墜入情網——那是在一個圖書館，在我搜尋古老文件的時候。」他淡然一笑。「但他不是魔法師，他對於魔法的秘密世界一無所知。而我沒辦法對他說，如果對他說我們的世界是怎麼運作，我就破壞了規定，而他恐怕也會認為我瘋了。所以我告訴他，我在海外工作，現在是回家度假。我們聊了很多，但基本上，我說的是謊話。我不想說謊，卻還是說了。」

「這個故事難道不是告訴我們，最好還是保守秘密嗎？」凱爾問。

如佛大師的眉毛又作出一次不太可能的動作，豎眉瞪眼到令人難忘。「這個故事是要告訴你，我了解保守秘密是怎麼一回事，我了解秘密保護了人，卻同時又傷害了保守它們的人。凱爾，如果還有別的事要說，那就告訴我，我會盡我所能來確保它對你有幫助。」

「我沒有秘密了。」凱爾說：「不再有秘密了。」

如佛大師點點頭，然後嘆了一口氣。

「塔瑪拉沒事。」他告訴凱爾。「少了你和艾倫，她顯得有點孤單，但她應付得很好。當然，小肆想念你。至於賈思珀，我就說不準了。他最近在頭髮上玩了怪花樣，但那可能跟你沒什麼關係。」

「好。」凱爾略顯茫然。「多謝了。」

「至於艾倫。」如佛大師說：「他以符合喚空者的身分，榮耀地下葬了，聯合院和教誨院所有成員都參加了他的葬禮。」

凱爾點點頭，眼睛直盯著地面。**艾倫的葬禮**。聽到如佛大師說出這幾個字，聽到他語中的痛苦，讓凱爾的感覺更真實了。這件無法改變的事實將永遠伴隨著他：要不是因為他，他最好的朋友可能還活著。

如佛大師走向門口，準備離去。不過，他在途中停下腳步，伸手稍稍碰了凱爾的頭，凱爾驚訝地發現自己的喉嚨一緊。

等凱爾被送回牢房時，他見到了當天另一件令人訝異的事——他的爸爸阿勒斯泰站在外頭等他。

阿勒斯泰輕輕向他招手，凱爾只能扭扭被銬住的雙手，並且用力地眨眼睛，不然死神敵蠱惑人心的陰險魔力就要化為淚水了。

凱爾的守衛把他帶進牢房，解開鐐銬。守衛是年長的魔法師，身著圓形監獄的深棕色制服。解開手銬之後，他們就在他的腿上繫了一條金屬腳銬，腳銬另一端連結在牆壁上。鎖鍊的長度足夠讓凱爾在牢房內行動，卻不足以讓他接觸牢門和欄杆。

守衛離開牢房，鎖上牢門，然後退到陰影底下。不過，凱爾知道他們就在那裡，這正是圓形監獄的重點：隨時有人在監視。

「你沒事吧？」守衛一離開，阿勒斯泰馬上粗啞著說：「他們沒傷害你吧？」

他一副像是想把凱爾抓過來，親手確認凱爾有沒有受傷，就像過去凱爾邋鞦韆摔下來或玩滑板撞上樹時那樣。

凱爾搖搖頭。「他們完全沒對我施加肢體暴力。」他說。

阿勒斯泰點點頭，眼鏡後方的眼神顯得疲累憔悴。「我很想早一點過來。」他說著，一邊坐上牢房外頭那張看起來很不舒服的金屬椅，這是守衛稍早放置的。「但他們不讓你見訪客。」

凱爾頓時湧現一股難以置信的寬慰感，他之前不知怎地說服自己，讓自己相信爸爸很高興他被關起來。就算不是**高興**，但少了他的人生會更好。

他好開心情況不是這樣。

「我盡了全力。」阿勒斯泰對兒子說。

凱爾不知道該怎麼回應，他不知怎麼表達自己深深的歉意。他也不明白他為什麼突然可以見訪客……除非他對聯合院已經沒有用處了。

或許，這是他最後可以見到的訪客。

「我今天還見到了如佛大師。」他對爸爸說：「他說他們已經完成對我的審訊工作，這表示他們就要殺掉我了嗎？」

阿勒斯泰一臉震驚。「凱爾，他們不能這樣，你又沒做錯事。」

「他們認為我殺了艾倫！」凱爾說：「我還被關起來！顯然，他們認為我做錯事了。」而且我的確做錯事了，他默默想著。即使真正殺害艾倫的人是埃力斯・史特賴克，但是替凱爾守密才是艾倫身亡的原因。

阿勒斯泰搖搖頭，打消凱爾的說法。「他們是害怕——害怕君士坦，害怕你——所以他們在尋找把你留在這裡的理由，而不是真的相信艾倫的死是你造成的。」阿勒斯泰嘆了一口氣。「而要是這還不能安慰你，那麼想想看——既然他們不知道君士坦是怎麼把他的靈魂轉換到你身上，我確信他們也不想冒險讓你把你的靈魂轉換到別人身上。」

凱爾的爸爸痛恨魔法世界，而且原本就不算是樂觀主義者，但就這件事來說，阿勒斯泰的陰鬱想法卻讓凱爾感覺好多了。他的確說到重點，凱爾從沒想過他可以把自己的靈魂轉換到別人身上，也沒想過其他魔法師可能在擔心這件事。

「所以他們還是要一直把我留在這裡。」凱爾說：「關住我，然後扔掉鑰匙，忘了我的存在。」

阿勒斯泰聽到後，沉默了好一陣子，這倒是讓人很不安。

「你是什麼時候知道的？」凱爾脫口而出，害怕靜默延續下去。

「知道什麼？」阿勒斯泰問。

「知道我不是你真正的兒子。」

阿勒斯泰皺起眉頭。「凱爾倫姆，你是我的兒子。」

「你知道我是什麼意思。」凱爾嘆息……雖然他無法否認阿勒斯泰糾正他，的確讓他覺得好過多了。「你什麼時候知道我擁有他的靈魂？」

「很早很早。」阿勒斯泰的回答讓凱爾略感訝異。「我猜的，我知道君士坦一直在研究什麼，似乎有可能他已經成功把他的靈魂轉移到你體內。」

凱爾還記得媽媽留給阿勒斯泰的可怕訊息。約瑟大師身為死神敵的指導者，同時也是最為忠貞的追隨者，曾經對他重現那段場景，但是爸爸的敘述卻省略了這句話：

殺死孩子。

想到媽媽以垂死的氣力寫下這句話，想到爸爸懷中抱著號啕大哭的寶寶凱爾，又見到這句話，現在還是會讓凱爾不寒而慄。

阿勒斯泰如果猜到它的含義，大可以空手走出洞穴，讓嚴寒了結一切。

「你為什麼要那樣做？為什麼要救我？」凱爾倫姆質問。他無意讓語氣顯得如此憤怒，但聽起來卻是這樣。儘管知道另一個選項意味他的死亡，但他仍覺得憤怒。

「你是我的兒子。」阿勒斯泰再度無助地說：「不管你還有什麼身分，你永遠也都是我的孩子。凱爾，靈魂並非一成不變，而是可以塑造的。我認為如果我能好好養育你……如果我給你正確的引導……如果我給你足夠的愛，你就會好好的。」

「結果看看現在成了什麼樣子。」凱爾說。

爸爸還來不及回答，一名守衛就出現在牢房前面，宣布會面時間已經結束。

阿勒斯泰起身，然後低聲地再度開口。「凱爾，我不知道自己有沒有把事情做好，但不管怎樣，我認為結果你成了一個好孩子。」

說完之後，另一個守衛就送他離開。

＊

那天晚上是凱爾來到圓形監獄後，睡得最好的一次。牢房寒冷，床又小又硬，而且夜晚閉上眼睛時，他總會作同樣的夢：一道魔法打中艾倫，艾倫的身體在空中慢慢落下，跌落地面。塔瑪拉蹲伏在艾倫身邊啜泣，然後一個聲音說：**都是你的錯，都是**

你的錯。

只是當天晚上，他沒有作夢。醒來時，一名守衛拿著他的早餐托盤，站在外頭。

「你有另一個訪客。」守衛側眼看著凱爾說。凱爾確信所有守衛還是擔心他會用死神敵的魅力殘殺他們。

凱爾坐起身子。「是誰？」

守衛聳聳肩。「你們學校的一個學生。」

凱爾的心臟開始狂跳，那是塔瑪拉，一定是塔瑪拉，不然還有誰會來看他？他幾乎沒留意守衛把早餐托盤滑進牢房下方的狹小開口，只是忙著坐起身體，用雙手梳過糾結的亂髮，努力撫平它，並且努力想著塔瑪拉進來後，要對她說什麼。

嗨，妳好嗎？抱歉，我害死妳最好的朋友了……

一道門打開，他的訪客被兩名守衛一左一右夾在中間，那是魔法教誨院的學生——的確是。

但不是塔瑪拉。

「賈思珀？」凱爾不敢置信地說。

「我知道。」賈思珀舉高雙手，像是在避開他的感激之情。「顯然我這麼親切來探望你，讓你情不自禁。」

「呃。」凱爾無話可說。如佛大師對賈思珀的說法沒錯，他像是好幾年沒梳頭髮了，髮絲整個亂翹。凱爾驚異地看著這個髮型，賈思珀真的是特意呈現這樣的造型嗎？

「我想你是來告訴我，學校裡的每個人有多麼痛恨我。」

「他們不是那麼常想到你。」賈思珀明顯在說謊。「你還不夠讓人印象深刻呀！大家多半在傷心艾倫的死，知道嗎？他們會提及你，只因為大家認為你是他的死黨。」

大家都認為你是害死他的兇手。即使賈思珀沒說出來，但這才是他真正的意思。

聽完這句話，凱爾沒辦法讓自己問起塔瑪拉，反倒問說：「你有陷入麻煩嗎？我是說，因為我的關係。」

賈思珀在他設計師品牌的牛仔褲上搓搓雙手。「他們大多只想知道你是否有在我們身上施法，好讓我們成為你的黑暗奴隸。我說，你的魔法還沒好到足以那麼做呢。」

「賈思珀，謝了。」凱爾說，不知道自己是不是真心的。

「那麼，住在圓形監獄是什麼感覺？」賈思珀環顧四周問道：「這裡，呃，看起來非常沒有生氣。你有碰到真正的罪犯嗎？你有刺青嗎？」

「你當真的嗎？」凱爾問：「你來這裡是要問我有沒有刺青？」

「不是。」賈思珀拋開了所有裝模作樣。「我來這裡其實是因為，嗯，瑟莉亞和我分手了。」

「什麼？」凱爾難以置信。「我不敢相信。」

「我知道！」賈思珀說：「我也不敢相信。」他一屁股跌進那張不舒服的訪客椅。「我們是完美的一對！」

凱爾真希望他可以摸到賈思珀，以便勒死他。「不，我的意思是，我不敢相信你經過六個檢查哨，以及可能出現的難堪全身檢查，就只為了來這裡跟我抱怨你的感情生活！」

「凱爾，你是我唯一可以談的人。」賈思珀說。

「你是說因為我被鎖在地板上，所以躲不開？」

「沒錯。」賈思珀似乎很開心。「大家一看到我就躲開，但是他們不明白，我一定要讓瑟莉亞回到我身邊。」

「賈思珀。」凱爾說：「跟我說一件事，而且請你誠實回答。」

賈思珀點點頭。

「這是聯合院為了逼問我，而用來折磨我的新策略嗎？」

第二章

帶賈思珀來到凱爾牢房的那兩名守衛開始低聲交談，監獄的另一頭傳來吶喊，又戛然而止。

「我想我還是離開好了。」賈思珀起身，焦慮地環顧周遭。

「不准！」其中一名守衛怒吼。「這是緊急狀況，所有訪客都不得自己行動，為了你的安全起見，在我們戒護犯人搭上撤離車輛時，你得跟著我們。」

「你要我在死神敵離開監牢時，跟在他身邊？」賈思珀質疑，一副擔心的模樣。「這樣怎麼會安全？」

凱爾不禁翻了白眼。

其中一名守衛解除一區的元素牆，進入凱爾的牢房，然後對他重新加了手銬。

「來吧！」守衛說：「你走在我們中間，學生走前面。」

凱爾不肯移動。「事情不對勁。」他說。

「這地方著火了。」賈思珀說著，一邊回頭看。「我也會說事情不對勁。」

凱爾繼續說：「一個魔法師小組對著我宣揚了好幾星期，說這地方是多麼固若金湯，無法攻克，也無法摧毀。它不該起火的。」

守衛看起來愈來愈緊張。「安靜，動作快。」其中一人說道，一把拉住凱爾的手臂，把他拖出牢房。

「『火欲焚。』」賈思珀盯住凱爾不放。他引述的是描述魔法元素的五行詩，而守衛瞪了他一眼，必定想起他們也在學校學過。

凱爾牢房外的溫度逐漸升高，人們開始在走廊上奔跑喊叫。其他牢房全清空了，犯人排隊走向出口。

「我當然知道。」凱爾說：「但這個地方不該起火的。」

「我們受過警告，說你的口才很好。」守衛說著，把凱爾推到他身前。「閉嘴，快走。」

屋頂開始掉落一塊塊熔化的石頭和金屬，此時，凱爾決定不再擔心為什麼會發生這種事，轉而擔心怎麼活著出去。凱爾、賈思珀和這兩名守衛迅速穿過愈發炎熱的走廊，凱爾腳步蹣跚，他傷殘的左腳傳來陣陣刺痛，他已經好幾個月沒走這麼多路了。

此時傳來一聲巨響，前方的地面開始龜裂，噴出燃燒的炭渣和火熱的石塊。凱爾瞪著前方，知道自己想得沒錯——這不是普通的火焰。

他才剛想脫口說出：**就跟你們說過了吧！**

抓住他的守衛突然放手，凱爾一度以為他們想找出穿過監獄的另一條路，但他們只是往前衝，還險些撞倒賈思珀。他們跳過崩裂的地面，及時在它徹底裂開前，安全跳落在另一頭。守衛起身，拍拍身上的灰塵。

「嘿！」賈思珀一臉不敢置信。「你們不能就這樣丟下我們！」

一名守衛面有愧色，另一人倒是發出凶狠的目光。「我父母死於『冷血屠殺』。」他說：「就我來說，君士坦．嗅豐，你大可以被活活燒死。」

凱爾瑟縮了一下。

「但是我呢？」賈思珀在他們走開前大叫。「我又不是死神敵！」

不過他們已不見身影，賈思珀猛咳轉身，露出控訴的眼神看著凱爾。

「這都是你的錯。」他說。

「賈思珀，真高興見到你英勇地面對死亡。」凱爾說道。他心想，賈思珀在這裡的好處就是，即使他應該感到愧疚，但賈思珀卻永遠不會讓他出現這種感受。他總是很容易這麼想：賈思珀的遭遇都是他自找的。

「用用你的混沌魔法！」空中布滿濃煙和炭渣，賈思珀咳個不停。「吞噬牆壁、火焰或什麼的都可以。」

凱爾舉起雙手，但手腕被銬住了。像他這種等級的魔法師，不用雙手就無法施展魔法。

賈思珀咕噥了一句髒話，轉身右手一揮。只見他前方的空氣似乎開始振動，接著固化，一道橋梁出現在崩裂的地板上方，在空中閃閃發光。

凱爾沒停下來讚嘆賈思珀的確做了一件有用的事——不只有用，事實上還很令人欽佩。他在左腳可以負荷的情況下全力奔跑，留待日後再來驚嘆。

凱爾和賈思珀都不太知道哪個方向才是出口，但是火舌讓他們沒什麼選擇，只能直接往有路的地方跑去。凱爾咬緊牙關忍受痛楚，竭力不要絆倒。空氣灼熱，就連張口說話都感覺痛苦。

他們來到一道撐開著的門，門扇貌似帶有魔法又十分沉重，如果合上的話，幾乎就無法及時逃出火場。他們連忙穿過門口，不禁鬆了一口氣。賈思珀踢掉堵住門的障礙物，門砰然關上，替他們爭取了一些免受高熱和濃煙之苦的喘息時間。

凱爾上氣不接下氣，雙手按住膝蓋。他們似乎來到圓形監獄的後方廊道，他聞到高熱煙霧之中夾雜著漂白水和洗衣精的味道。廊道往四面八方蜿蜒而去，完全不見窗戶，他們前方的甬道突然出現一道巨大火柱。

賈思珀驚呼一聲，跌跌撞撞往後退。

他們完蛋了，他們困在熊熊烈火之中，就要被燒死了。凱爾記得去年闖越烈焰迷宮的事，他是怎麼施展混沌魔法吸光所有空氣——這是為了滅火的孤注一擲，但也吸走他們呼吸所需要的空氣。要不是艾倫出手阻止，他們可能早就死了。

儘管想起當時誤用了混沌魔法，但凱爾還是希望此時也能使用它。

火欲焚，水欲流，大氣欲揚，大地欲合，混沌欲吞噬。

還有他在五行詩最後，玩笑般加上的那一句：

凱爾欲活。

這句話縈繞在他心頭，他用力拉扯手上的束縛，但它仍一如既往的緊密，他還是無法施展魔法。前方的火焰彷彿巨蛇盤旋開展，烈焰愈來愈高，上半部開始擴張，像是眼鏡蛇撐開了頸部。

然後，火焰中浮現了一張臉，那是一張熟悉的臉龐，一個完全由烈焰形成的女孩臉蛋。

「喚空者。」塔瑪拉的姐姐拉雯說道。她被火元素吞噬，成了火焰被噬者，成了擁有人類靈魂的元素，也可說是有了元素靈魂的人類。凱爾曾和艾倫、塔瑪拉闖進一個元素獸的牢獄，在那裡見到了水、火、大氣和大地的被噬者，而就他所知，目前還沒有混沌被噬者。混沌被噬者的這個想法讓人恐懼。

「沒時間耽誤了。」拉雯指示：「穿過右邊第三道門，就可以找到出路。」她的臉龐消失，散落融入火焰之中。烈火改變形狀，成了迸現火花的火焰拱道。

「那、是、什、麼？」賈思珀質問。

「火元素獸。」凱爾回答，在事態難料的情況下，他不想牽扯到塔瑪拉。「我認識她，她住在魔法教誨院。」

「所以，這是逃獄嘍？你設計我參與你愚蠢的越獄行動嗎？」賈思珀聲音嘶啞大喊：「凱爾，這真的**全是**你的錯，我——」

「住口，賈思珀。」凱爾說，推著賈思珀往第三道門前進。「等我們逃離這棟燃燒的建築物之後，你可以再對我大吼大叫。」

「我再次被無情的命運之手掃向一旁。」賈思珀一路上念念有詞。

他們按照拉雯的指示，衝過廊道，之後在兩道雙扇門後向右轉，一根長長的木棒橫過他們身前。賈思珀抓住木棒，用力拉向一旁。凱爾用力撞門，門應聲而開。

迎面而來的是陽光和空氣。賈思珀衝過雙扇門，大叫一聲，門咚地關上。他大喊：「樓梯！留意樓梯！」

凱爾身後的一切都著火了，他深深吸了一口氣，就跟著賈思珀走到外頭。外頭的確有樓梯，但只是一小段往下的階梯，賈思珀站在底下，搓揉膝蓋。那裡還有陽光、新鮮空氣、白雲，以及凱爾已好久好久沒見到的所有東西。他貪婪地吸了一口又一口的空氣。

「快點。」賈思珀說：「趁還沒有人看到你。」

他們離開監獄後，濃煙開始稀薄。凱爾回頭看。

身後的圓形監獄是一個灰色環狀的巨石陣，形狀就像倒扣的籃子，橘色火舌從窗戶和屋頂竄出。

他們來到一片青青草地。凱爾的牢房沒有窗戶，如果有的話，這就是他可以見到的窗景：平坦的綠茵，遠方有一道隔開樹林的柵欄。

現在，這裡卻成了一整個混亂的景象。一群群犯人被鍊在一起，守衛在他們外圍警戒。有些犯人已被送上車，身著橄欖綠長袍的聯合院魔法師在草地上奔走，他們揮舞手臂，努力指揮滿臉黑色炭渣的恐慌守衛、官員和犯人。

一名聯合院成員看到了凱爾，便高聲叫喚守衛。

「我的車子呢？」賈思珀咳著說：「我得快點離開這裡。」

「你要拋下我？」凱爾問。

「我知道跟你混在一起會有什麼下場。」賈思珀回答：「會被拖進出現斷頭和混沌獸的恐怖場景。不，謝了，我必須贏回瑟莉亞的心，我不想死。」

「至少替我拿掉手銬。」凱爾舉高手腕。「賈思珀，給我一個機會。」

守衛開始走向凱爾，他們彼此交談，彷彿在擬定策略。他們的腳步不快，加上凱爾背對他們，所以不會察覺到賈思珀的動作。

「好吧。」賈思珀終於說道，他靠過來抓住凱爾的手腕。「等等——這是什麼材質？我從沒見過這樣的金屬。」

「你們兩個！」一個聲音大叫。凱爾嚇得幾乎魂不附體。那是一身白衣的聯合院成員——安娜絲塔西亞・塔昆，發覺到是她時，凱爾一時間動彈不得，感覺既恐懼又像鬆了一口氣。她的銀髮緊緊梳在後方，淡色眼珠映著火光。「過來這裡，快過來。」她彈了一下手指，目光淡然掃過凱爾，像是根本不認識他。「快！」

守衛停下腳步，見到有人接手，如釋重負。

賈思珀低聲咒罵幾句，便跟在凱爾身邊，讓安娜絲塔西亞帶他們穿過草地。「準備移交喚空者。」每當像是有人接近或過來詢問他們時，她都這麼說：「我們必須盡快移送他，別擋路！」

一輛米黃色的廂型車停在草地的遠端，安娜絲塔西亞拉開後門，把凱爾趕上車。他看不到前面的司機，耳中卻傳來賈思珀氣急敗壞地叫嚷：「沒道理要我和犯人一起搭車——」

「你是證人。」安娜絲塔西亞厲聲說道：「冬特，上車，不然我就告訴你爸媽說你不配合聯合院。」

賈思珀瞪大眼睛，只好跟在凱爾身後爬上車。廂型車兩旁設有長凳，頭部位置設有欄杆，可以用來扣住手銬固定犯人。凱爾坐上長凳，賈思珀在他對面找了地方坐下。沒有人來把凱爾的手銬扣到欄杆，車門反倒直接關上，兩人陷入一片漆黑之中。

「這太詭異了。」凱爾說道。

「我要投訴。」賈思珀悶悶不樂。「找個人，找個願意聆聽的人來說。」

車子猛然啟動，轉了幾個彎之後，便加快了速度，感覺像行駛在高速公路上。凱爾猜不出他們要去哪裡，他一開始就不是很確定圓形監獄的地點，更別提萬一出狀況時，犯人可能會被帶往哪裡。

看到安娜絲塔西亞和拉雯出現，讓凱爾深感疑惑。安娜絲塔西亞告訴過他，她是君士坦的媽媽，而既然凱爾擁有君士坦的靈魂，她就要幫助他。安娜絲塔西亞掌管教誨院的元素獸，她可能策動了這一切。但如果真的是她做的，她接下來打算怎樣？聯合院全體上下都會找尋凱爾，她不可能只是把他帶到偏遠地帶，等到風聲平靜，死神敵事件永無風平浪靜的一天。

他思索安娜絲塔西亞的涉入程度，還有這次演變成逃獄的可能性，他害怕再也看不到爸爸，擔心如佛大師會再度認定自己欺騙了他，掛慮要是車子再次顛簸轉彎，他就要永無止盡地暈車了。他想不出任何結論，所以當感覺車子停了之後，他的心情沉重。車子後門打開，光線湧入，凱爾不斷眨眼調適。

駕駛員站在敞開的車門前方，拿下報童帽，長長的黑色髮辮跌落肩上，臉上露出熟悉的笑容。凱爾的心臟頓時在胸口裡狂跳。

是塔瑪拉。

第三章

凱爾瞪著塔瑪拉，整個驚呆了。她看起來不太一樣，也或許沒有——可能只是因為經過了六個月，他對她的記憶逐漸淡去。但是他不認為會這樣，他是如此想念她，無法想像自己可能會忘懷她的任何事。倒不是說這有什麼重要——還是重要呢？他發現自己仍盯著塔瑪拉不放，而塔瑪拉可能期望他說些話。小肆替他解了圍，牠大吠一聲跳進廂型車，活力十足猛舔凱爾的臉。

「賈思珀！」塔瑪拉皺著眉頭看著另一名乘客。「你在這裡做什麼？」

「妳瘋了嗎？妳策劃了劫獄行動？」賈思珀怒氣沖沖地質問：「妳甚至不告訴我，好讓我找其他日子去探監？」

「抱歉，我沒確認你的社交行程。」她翻翻白眼，然後爬上廂型車，把小肆推離凱爾，她的手指以親密的姿態伸進混沌狼的鬃毛……

凱爾說不出話，他有好多話要說，但話卡在思考和大聲說出來之間。光是看到塔瑪拉就讓他歡欣不已，而且很開心她仍然喜歡他，所以願意幫助他。不過，他也知道任何道歉都不足以表達他對她的虧欠。

她看著他，露出輕柔的笑容。「嗨，凱爾。」

他覺得自己幾乎無法吞嚥，她的臉蛋在過去半年間有了細微的改變，但是細看之後，卻不像他以為的那樣不同。她依舊擁有那雙充滿同情心的黑色大眼睛。他聲音嘶啞地問：「塔瑪拉，是妳——策劃這一切的？」

「有人幫我。」她領著凱爾下車。他從廂型車上跳到她身邊，伸展疼痛的左腳。

他們現在站在一棟漂亮的小木屋前方，小屋位於一處空地中央，旁邊有一個小湖，湖上有一座橋。安娜絲塔西亞站在小木屋前面，她的白色座車停在車道上。

安娜絲塔西亞仍然一襲白衣，只是上面沾上了點點炭渣。她凝視凱爾的眼神，讓他極度不安，就好像看到母獅子潛行大草原之間朝他而來。

「我留在車子裡就好。」賈思珀不敢吭氣。「之後你們再把我放下車，像是加油站之類的，我可以自己回家。」

「安娜絲塔西亞幫我的。」塔瑪拉主要對著凱爾說話。「她讓我下去和拉雯說話。」她低頭看著雙腳。「艾倫死了之後，你又……不在，我沒多少人可說話。」

「妳可以找我呀！」賈思珀說，但仍不肯離開廂型車。

「你只想跟瑟莉亞說話。」塔瑪拉說：「況且沒人願意和我談論凱爾的事，因為——」

「因為他們認為我是死神敵。」凱爾說：「而且我想要艾倫死。」

「他們不全是那樣想。」塔瑪拉低聲說：「不過，對，大部分的人是。」

「凱爾、塔瑪拉。」安娜絲塔西亞從門廊指示：「進屋。」她瞇起眼睛。「賈思珀，你也是。」

賈思珀發著牢騷，終於跳下廂型囚車。

「妳什麼時候學會開車的？」凱爾問塔瑪拉。

「綺米雅教我的。」塔瑪拉在他們踏上門前臺階時回答：「我告訴她，我需要轉移注意力——你知道，就是別讓我一直想到你和艾倫。」

你和艾倫。艾倫死了，凱爾活著，但對塔瑪拉來說必定像生不如死，而凱爾困在圓形監獄，別人都相信他是邪惡的化身。

他了解到原來自己是多麼恐懼塔瑪拉也是這樣認定，發現她顯然不這麼想，讓他鬆了一口氣，身子幾乎跟著癱軟。

木屋裡有一個漂亮的起居室，這裡裝飾著蕾絲窗簾，擺放了幾張鋪著桌巾的小桌子。一張茶几上放了一壺檸檬水，真是讓人開心，只是就跟巫婆的糖果屋一樣令人開心。不過，他也不打算抱怨，他已經離開監獄，而且塔瑪拉在這裡，他們甚至還帶了小肆一起來。

「我來看看你的手銬。」塔瑪拉說。而凱爾坐在他幾個月來所見到的第一張沙發，誰料得到人竟會想念沙發呢？塔瑪拉眉頭深鎖。「這是什麼做的？這不是金屬呀！」

「不用特殊工具是解不開的。」安娜絲塔西亞告訴她。「不幸的是，我這裡也沒有。」她起身。「凱爾，跟我來，我來看看能不能找個東西臨時湊合一下。」

不知道還能和塔瑪拉相處多久，凱爾很不願意放棄和她在一起的時光，但手銬還是得拿掉。他百般不願地站起來，跟著安娜絲塔西亞走進廚房。

她指著一張高腳椅，而流理臺上放了一個沉甸甸的黑色袋子，有點像是舊式的醫生包。她伸手到袋子裡，拿出一些水晶放到托盤上，然後點燃下方的爐子。

加熱水晶的時候，她轉向凱爾。「很遺憾，我們沒辦法早點救你出來。」她說：「我知道你在裡頭枯等，必定十分難熬。」

凱爾在椅子上挪動身子。安娜絲塔西亞擺出一副她非常明白凱爾的想法和感受的樣子，有時候她說得對，有時候卻不是，但她的信念卻始終不曾動搖。

她還有另一個信念，就是她唯一一次到圓形監獄探視他時所提及的事。她相信，既然她是君士坦的母親，那麼她也就是凱爾的母親。

凱爾倒不認為如此，但他知道最好還是不要和安娜絲塔西亞爭論。她像是那種對自己深信不疑的人，所以他決定就此別再提起它，暗自希望這件事不會再浮現。

「當然，塔瑪拉沒辦法探視你，也是傷心欲絕。」她繼續說道。

凱爾很想相信這句話。「她是個好朋友。」

「朋友？」安娜絲塔西亞發出銀鈴般的笑聲。「她那麼迷戀你，我覺得好甜蜜。」

凱爾瞪著安娜絲塔西亞，內心大為震動。塔瑪拉才沒有迷戀他！這太荒謬了。塔瑪拉聰明漂亮又有錢，還有完美的眉毛。

認識塔瑪拉之後，他就了解到自己和她不是同路人。他想起在紅銅年級開始時，看著她和艾倫翩翩起舞，兩人看起來好相配。他早已了解自己永遠配不上塔瑪拉，如果他們共舞——就算他那樣的腳能跟上舞步——他確定自己一定會踩到她的腳。

水晶開始發出怪異的哀鳴，安娜絲塔西亞熄了爐火。「大地和火共存。」她解釋。「這樣比較容易解開。」

然後，她單手一揮便熔化了連結手銬的鎖鍊。凱爾猝然挪開身子，免得被液態金屬濺到。它落到油氈地板上，冒出不祥的黑煙，焦黑了濺落處周遭的塑料。

安娜絲塔西亞對著地板皺皺眉頭。「我現在只能做到這種程度，但在我們移除手銬之前，這應該還是可以給你不少活動空間。」

凱爾幾乎沒在聽她說話。他凝視融化的地板，不斷思索：這有可能是真的嗎？塔瑪拉真有可能喜歡他嗎？安娜絲塔西亞有點怪異，可能還有點瘋狂，她可能不知道自己在說什麼。

但要是她知道呢？

「你先回去起居室。」安娜絲塔西亞對他說：「我還要留在這裡一陣子，等我收拾完。」

凱爾機械式地走回去，而塔瑪拉和賈思珀正在討論這棟房子。

「安娜絲塔西亞替我們找了這棟可以躲過魔法師搜查的安全房子。」塔瑪拉說：「她在房子周遭施加了擾亂視覺的大氣魔法，所以這裡不會被找到，我們可以躲在這裡，討論接下來的計畫。」

凱爾瞪著她，彷彿她不是他最好的朋友，彷彿過去三年來，他不曾和她共用了同一個交誼室。不，塔瑪拉不可能喜歡他。真要說的話，她喜歡的是艾倫。「妳還有多久就得回去教誨院？」他劈頭就問：「我是說，他們多久會注意到妳不見了？」

很好，他心想，**這聽起來像是我想趕走她**。他有種恐怖的想法，他可能會在塔瑪拉面前語無倫次，就跟他發現瑟莉亞想跟他約會後，他在瑟莉亞面前的表現一樣。要是他毀了他們之間的友誼呢？要是他讓自己鬧了大笑話呢？

塔瑪拉迴避他的目光。「凱爾，我不能回去。」

「那我呢？」賈思珀大叫：「那我要怎麼回學校？我必須離開！瑟莉亞在學校！」

凱爾還不太能理解塔瑪拉準備作出的犧牲。

「永遠嗎？」凱爾問她：「妳永遠沒辦法回到學校？」

或許，他終究是有毀滅式的魅力。或許她的確真的喜歡他，也或許她真的是一個非常偉大的朋友。

或許他永遠也不會知道。

塔瑪拉深深看了凱爾一眼。「我不要閒坐在那裡學習魔法，聽著其他門徒談論魔法師如何逮到你，然後砍掉你的頭顱。除非你一起回來，否則我不回去。而要做到這一點，我們必須洗雪你的污名。」

凱爾用力吞嚥了一下。他知道其他學生可能會對他惡言惡語，卻完全沒想到砍頭這部分。更糟的是，他不認為有辦法洗雪他的污名——只要大家都認定他私底下的名字是君士坦・喚豐。

「你們可有聽聽自己在說什麼嗎？」賈思珀盤問。「你們打算怎麼進行這件事？」

「我還不知道。」塔瑪拉承認。「但是拉雯之前幫過我，這次她也會幫我。」

「拉雯？」賈思珀說：「就是圓形監獄那個拉雯？塔瑪拉，妳不能相信被噬者，即使她以前是妳姐姐！」

凱爾的思緒飛快轉動，仍在思索塔瑪拉為了把他救出監獄做了什麼事，尤其是還找上安娜絲塔西亞。塔瑪拉和安娜絲塔西亞到底怎麼會一起合作？安娜絲塔西亞有什麼企圖？

在賈思珀和塔瑪拉不斷爭吵的時候，凱爾發現自己凝視著塔瑪拉，想要牢牢記住她——她的眼睛，她生氣時的聲調，她微笑時嘴角輕揚的樣子。他好害怕會再度失去她。他已習慣他們惹上麻煩，然後擬定不太可能的計畫來脫困；他已習慣他們的計畫總是會拖進不情不願的賈思珀。但是以前，艾倫總是和他們在一起。

他總是這樣認定，大家都和艾倫相處融洽，而既然艾倫喜歡凱爾，他們也就忍受凱爾。

少了艾倫，一切都感覺不對勁，也好奇怪。不平衡，也不確定。

少了艾倫，塔瑪拉還是會喜歡他嗎？當不再是三人，而只剩下兩人的時候，他們還能當朋友嗎？

對於艾倫的思念悄然而至，它有如冰冷的拳頭攫住了凱爾的心臟。艾倫應該在這裡，一起爭執他們打算做的事。但是，他卻走了，凱爾和塔瑪拉兩人被拋下。想到這一點，凱爾就心臟狂跳，神經也愈發緊繃。

安娜絲塔西亞回到起居室，跟在她身後的是一個穿著厚重袍子的熟悉身影。塔瑪拉倒抽了一口氣，半從沙發上起身。

那是約瑟大師。

凱爾在沙發上蓄勢待發，準備攻擊，指尖卻未湧現混沌。即使少了鎖鍊，手銬還是阻礙了他施展魔法。

塔瑪拉喘息，賈思珀往後退了幾步，瞠目結舌瞪著他。當然，他上次見到君士坦的老師時，死神敵的墓室就在他們周圍崩落毀壞。

賈思珀彷彿被人勒住了脖子問道：「他在這裡做什麼？」

「安娜絲塔西亞？」塔瑪拉抬高聲音問道：「這是怎麼回事？」

「恐怕我沒完全對妳說實話。」安娜絲塔西亞說：「關於我自己，以及關於我想救出凱爾的理由。知道嗎？在我叫做安娜絲塔西亞・塔昆以前，我有另一個名字：依莉莎・喚豐，我是君士坦和月成・喚豐的媽媽。」

凱爾的心一沉。

塔瑪拉瞪大了眼睛。「什麼？」

「沒錯。」安娜絲塔西亞說：「我知道妳從沒想過死神敵是有媽媽的，他的確有。我失去了兩個孩子，但我不會再失去凱爾。我不要讓魔法師把他關在牢裡自生自滅；我也絕對不讓他們在裝模作樣審判後，判他死刑。」

「判我……死刑？」凱爾重複。這只是她擔憂的說詞，還是她真的知道一些內幕？這是真的嗎？

「我們要洗雪他的污名！但是，妳卻要把他交回到當初該為妳兩個兒子死亡負責的禽獸手中？」塔瑪拉指著約瑟大師質問。

「胡說。」約瑟大師說，手一彈，塔瑪拉往後飛向沙發，身體在椅墊上彈了兩下。

「別碰她！」凱爾忘情大喊。小肆開始咆哮，賈思珀的手掌心閃現火花。

約瑟大師憐憫地看著他們的動作。「我原本希望你可以自願，不過，我也絕對可以強行帶你走。」

安娜絲塔西亞的神情有如大理石般嚴峻。「約瑟！你不可以傷害凱爾倫姆。」她說。

她不可能真的信任約瑟大師吧？凱爾竭力站穩腳步，卻被約瑟大師手揚起的另一道魔力波給擊倒。約瑟大師扭動手腕，一道旋風從他的指間升起，捲向他們。

凱爾和塔瑪拉被壓制平躺在沙發上，而賈思珀被釘在牆邊，就連小肆也被打倒在地上，在呼嘯的風中齜牙哀鳴。

約瑟大師身後的大門忽然打開，人形混沌獸大步走了進來，這些死神敵的追隨者缺乏心智、有如殭屍。製造出這些怪物可說是君士坦最大的惡行之一，不過，就約瑟大師這些人來說，卻認為是其最偉大的成就。

混沌獸堅定地包圍了凱爾、塔瑪拉和賈思珀，然後抓住他們的手臂，要他們走到外頭。到了屋外，牠們便停下腳步，形成一個鬆散的圓圈。在這片中央有一棟整潔小屋的漂亮空地上，牠們顯得格格不入又怪異無比。

安娜絲塔西亞和約瑟大師走到門廊，安娜絲塔西亞流露和往常相同的強烈渴望，盯著凱爾。車道上停著另一輛閃亮的車子，小肆對車子咆哮狂吠，繞圈打轉，卻無法接近。

混沌獸為什麼會停下動作？凱爾知道牠們不會自行作出決定；牠們有著人類外殼，但靈魂被強行注入混沌，完全只聽命於牠們的主人。

牠們的主人。君士坦．喚豐創造出混沌獸，而他是喚空者，牠們的主人。這是擁有君士坦靈魂的一個好處。

凱爾清清喉嚨，這可真是讓人難為情。

「放開我。」他說：「我是你們的主人，我是死神敵。他的靈魂和我一樣，放開我，混沌獸。」

前兩次他這麼命令時都管用。

這一次，卻毫無動靜。

凱爾感覺像是撞上了一堵牆，混沌獸只是瞪著他，和小肆一樣的閃爍眼珠不斷旋轉。

他心想，或許是因為手銬的關係，於是努力扭動雙手，想要掙脫手銬。

此時，新出現的車子車門開了，下來一個有著蓬亂棕髮的高大男孩，他穿著皮夾克，露出不懷好意的笑容。

埃力斯．史特賴克，殺害艾倫的兇手，也是凱爾認識的另一個僅存的喚空者。

凱爾從喉嚨深處發出怒吼，他撲向埃力斯。身後的塔瑪拉放聲尖叫，對抓住她的混沌獸拳打腳踢。

「我要殺了你！」凱爾淚流滿面衝向埃力斯。「我要殺了你！」

「抓住他。」埃力斯懶洋洋地說。不一會兒，凱爾就發現自己被一打混沌獸抓住，牠們有如鐵腕般箝制住他。

埃力斯得意揚揚。「牠們是我創造出來的。」他說，指著空地上的混沌獸。「我是牠們的喚空者——不是你，不是君士坦，牠們服從的人是我。」

「夠了。」安娜絲塔西亞從門廊說道：「你不准傷害凱爾，誰都不可以。埃力斯，你明白了嗎？我們必須把我們的歧見拋諸腦後。」

埃力斯犀利地看了她一眼，然後轉向約瑟大師，彷彿希望聽到不同的說法。

但是，約瑟大師卻對他們全體微笑，一副一切再順利不過。「對，誰都不准傷害別人。我們大家都和平地回到基地，還有很多事情要討論，我們等待多時的未來終於到了。」

埃力斯的表情惱怒，但兩個大人似乎都沒注意到。

安娜絲塔西亞的眼睛盯住凱爾不放。「我知道你現在可能非常生我的氣，但是我知道什麼才是對你最好的。你需要保護，那些魔法師只懂得表現力量，你讓自己任他們宰割，結果看看你得到了什麼？」

「拉雯會知道的！」塔瑪拉大喊：「等我沒有如約定那樣去找她，她就會知道妳背叛了我們。她會通知別人。」

安娜絲塔西亞搖頭咋舌，彷彿塔瑪拉是班上的蠢學生。「誰會相信她？她可是燒掉整座監獄的在逃元素獸。」

塔瑪拉一臉挫敗，像是非常氣憤自己。凱爾想跟塔瑪拉說，計畫出狀況並不是她的錯，只要有他在，這樣的事似乎總是會發生。但是他還來不及說什麼，抓住他的混沌獸就開始把他拉回廂型車。不一會兒，他們全被送上車，包括小肆。

「這是來真的嗎？」賈思珀坐在長凳上悶悶不樂地說：「凱爾，和死神敵的追隨者私下會面，絕對不會洗刷你的污名。事實上，還會有反效果，對洗雪你的名聲只有反效果。」

「賈思珀，沒有人計畫這檔事！」塔瑪拉厲聲說道。

「約瑟大師就有。」賈思珀一針見血。凱爾早就習慣了人家惡言相向，但這次不一樣，賈思珀說得對。

小肆沮喪地嗥叫，在小小的空間中來回踱步，最後才靠著凱爾坐下來。

凱爾預期聽見有人坐進前方駕駛座發動引擎，卻感覺到整輛廂型車搖搖晃晃浮上空中。他們尖叫地滾向一旁，賈思珀撞上了凱爾，然後趴在小肆身上。凱爾傷痛的左腳用力撞上長凳，塔瑪拉倒在他身上，頭髮甩向他的嘴巴，膝蓋來到一個凱爾不願去想的部位。

噢。

接著，廂型車又一陣顛簸，他們滾到另一個方向。

「嘿！」凱爾終於找回呼吸時說：「我以為你們說沒有人會受傷！」

再幾次顛簸搖晃之後，廂型車開始較為輕柔地穩定飛在空中。他們待在地板上，直到確認安全了，才小心翼翼坐回長凳。

賈思珀搓揉脖子。

塔瑪拉在凱爾身邊默默不語。他深深吸了一口氣，然後緊張地伸出銬著手銬的雙手，握住她的手。她的小手柔軟而溫暖，在飛往原本屬於死神敵的基地途中，他都緊握著她的手不放。

第四章

過了好幾小時，凱爾不時打起盹兒。他很緊張，但也筋疲力竭。他一直想著阿勒斯泰——爸爸要怎麼知道他身在哪裡？他會知道凱爾逃獄了，沒多久，魔法世界的每個人都會知道有喚空者逃走了。凱爾想到爸爸擔心的模樣，感覺自己的心就像被挖空似的。

塔瑪拉沒有睡。每當凱爾張開眼睛，就會見到她神情悽慘盯著黑暗，淚水甚至一度滑下她的臉龐。他在想，她是不是因為劫獄失敗而難過，也或許她是在想念艾倫。塔瑪拉在埃力斯意圖竊取凱爾的混沌魔法時，救了他一命，但是為了拯救凱爾，卻造成了艾倫死亡，而艾倫可是凱爾所見過最優秀也最和善的男孩。

她可以救下他們任何一方，她卻選擇了凱爾，任何神智正常的人都不會選擇凱爾。

他不是思索她是不是後悔，而是思索她**有多**後悔。或至少他在聽到安娜絲塔西亞的說法前，一直在想她是不是後悔救他。

現在，他不知道該怎麼想。一方面，他想要相信，但另一方面，消息來源可是安娜絲塔西亞，她倒是不太值得信賴。

廂型車終於砰地回到地面，降落時他們又被摔向地板。埃力斯拉開後車門，見到這個人，他又一陣反感，不知自己是否有習慣埃力斯的一天，是否有不想把埃力斯的頭打爆打腫成熟透莓果的一天。

他不想習慣。

「歡迎回家。」埃力斯說畢就往後退，讓他們下車。他不是隻身一人，他身後還圍了半圈的混沌獸，約瑟大師倒是不見人影。

天空的太陽開始西沉，散射出紅紫色的光芒。他們來到一座小島，小島位於一條遼闊河流的中央——遠遠可以看到兩邊河岸，而丁香樹叢間野草蔓生。

廂型車前方矗立一棟黃石建造的巨宅，它搭建了城堡般的高塔，搭配大型的圓柱門廊入口。它的規模甚至讓塔瑪拉家族的豪宅相形見絀，只是這裡雜草叢生，巨宅本身像是荒廢多時，氣氛顯得有些詭異。

小肆在脫離廂型車的束縛之後，大聲狂吠。凱爾正打算要牠安靜時，卻傳來附和回應的吠聲和嗥叫。

塔瑪拉瞪大了眼睛。「是其他混沌狼。」她說。聲音持續不斷，聽起來美妙又怪異。小肆似乎不知該怎麼辦——牠好奇地往前衝，然後又畏縮倚在凱爾的腳邊，凱爾撫摸牠的頭。

埃力斯大笑。「愚蠢的動物。」

塔瑪拉怒火中燒。「別那樣說小肆。」

「誰說我說的是小肆？」埃力斯走向登上巨宅前門的臺階。混沌獸也開始移動，簇擁凱爾、賈思珀和塔瑪拉前往屋子大門。

他們通過巨大的前門，進入一個寬闊的玄關。隱沒在陰影之中的天花板垂著一盞玻璃髒污的吊燈，玄關裡面有一道巨型樓梯，通往不知多少樓層的樓板。在一處壁爐上方，掛著君士坦・喚豐的白銀面具——凱爾第一次見到約瑟大師時，約瑟大師就戴著這張面具。這張銀面具讓他得以長期扮演君士坦的角色，來等待凱爾長大，然後接替君士坦的位子。

面具上方還掛了萬能手套，手套周圍的空氣閃閃發光，顯示出它受到魔法保護。這個手套是設計用來毀滅混沌的使用者，但埃力斯卻設法把它改造成可以竊取混沌能力。他利用它殺掉了艾倫，然後奪取了他的能力。要不是因為萬能手套，也不會有聽命埃力斯的混沌獸部隊。要不是因為萬能手套，艾倫也不會死。

賈思珀發出一個明顯的聲響，塔瑪拉瞪了他一眼。

「對，這是一間可愛的小木屋。」埃力斯輕快地說：「進來吧！而你們——」他朝混沌獸彈了一下手指。「可以留在這裡。」

凱爾和同伴跟著埃力斯走進一個大房間，房間中央擺了一張鄉村風格的木桌，而約瑟大師就在那裡，他拿著一根沉重的金屬調羹攪拌一個大鍋裡的東西。

「啊！」他說：「真高興你們到了，瞧，這裡很文明的，可不像你來的那座監獄。」凱爾心想，**但仍舊是個監獄**。

不過，他還是讓約瑟大師在他的手銬上說了幾個字，替他拉掉這層束縛。他侷促不安揉揉底下的皮膚。

「安娜絲塔西亞呢？」他問。她讓他不自在，不過他相信她會好好照料他的安危。

「樓上，換衣服準備吃晚餐。」約瑟大師說，指指鍋裡的東西。

「蠑螈眼睛？」凱爾猜測。「青蛙腳趾燉湯？」

「事實上是我的招牌菜噴火辣椒肉醬。」約瑟大師說：「德魯很喜歡。」

聽到約瑟大師死去兒子的名字時，凱爾僵住了。約瑟大師說過，雖然凱爾要為德魯的死擔負部分責任，卻也說他不怪凱爾。凱爾確信，約瑟大師心中有部分是恨他的，而這樣的恨意隨時可能浮現。

約瑟大師要凱爾成為君士坦・喚豐的重生，他想要死神敵。凱爾倫姆・亨特即使擁有同樣的靈魂，卻還是不斷令人失望的對象。

「你要我怎麼處理凱爾和他的後備小隊？」埃力斯以厭煩的語氣問。

「凱爾和塔瑪拉的房間在紅翼。」約瑟大師說：「至於我們意外的訪客……」他看著賈思珀。「讓他住德魯以前的房間。」

「哦，不。」賈思珀說：「聽起來好令人發毛哦。」

約瑟大師對賈思珀露出半是呵斥的笑容。「我們這些人只是對抗死亡，卻一直被說是令人毛骨悚然，說是和死亡相處得太自在。我們不喜歡聽到這樣的說法，我們只是不願承認死亡就是結束，就只是這樣。」

賈思珀看起來仍不安心。

「而且，混沌獸不會出現的地方只有這些房間。」埃力斯加上一句。

賈思珀馬上說：「換個角度想，這樣也不錯。」

只是，在他們上樓時，賈思珀生氣瞪著凱爾，並且在被一個沉默不語的混沌獸護送往一處稱為綠翼的地方之前，對凱爾作出「全都是你的錯」的嘴型。

凱爾和塔瑪拉被帶往一個兩旁牆壁全塗成紅色的走廊，埃力斯指了走廊另一頭的房間給塔瑪拉，然後親自送凱爾到他的寢室，埃力斯探過來點亮了燈光。

「是安娜絲塔西亞布置的。」他說：「你覺得如何？」

剛開始，這房間似乎還好，看起來正常樸素。他見到藍白條紋的床單和枕頭，以及沙發和書桌，只是這些映入眼簾的東西，卻慢慢讓他感到恐怖發毛。家族照片散落在各個檯面上——君士坦和弟弟月成一起歡笑，和爸媽越過欄杆揮手，整家人一起去露營。還有君士坦個人的照片，在學校得獎，腕帶添加新的石頭，身著白銀年級的制服歡笑。其他和朋友共同入鏡的獵影照片則被塞進鏡框，釘在床頭上方。

這些朋友現在大多已經死去，在第三次魔法世界大戰中罹難。

「這全是君士坦喜歡的書。」埃力斯幸災樂禍地說：「衣櫃裡的衣服都是他在你這個年紀時穿的，他們希望這樣可以觸動你的記憶，但我可不認為會有用。」

「出去。」凱爾說。他身邊的小肆開始不太自在地哀鳴，牠感覺得到凱爾心煩意亂，卻不知道原因。

埃力斯靠著門柱。「但這真太好笑了。」

凱爾記得以前他很崇拜埃力斯，他以為埃力斯只是如佛大師的助教，是一個很酷，又對凱爾很親切的高年級門徒。但是，那些親切就跟他喜歡使用的幻影魔法一樣，都是虛假的。

「我得換衣服準備吃晚餐。」凱爾說：「你不出去，就等著看我脫光光——任你選擇。」

埃力斯翻翻白眼就砰然關上門離開了。

凱爾繼續檢視塞進鏡框的照片，這些大多是君士坦和朋友的合影。他認出一個年輕許多的阿勒斯泰‧亨特，他的手臂摟著君士坦，指著遠方咧嘴大笑。裡面還有凱爾的媽媽——瑟拉，臉上的微笑和蓬鬆的髮絲讓她顯得好年輕。她站在君士坦旁邊，臂上像是掛著東西。

是「彌拉」，是她製造的匕首。她佩帶著彌拉。凱爾的喉嚨深處開始隱隱作痛，想到她瀕死前曾經用這把匕首在葬身處的冰河洞穴牆壁刻下：

殺死孩子。

凱爾走到衣櫃，拉開櫃門。

如果不是被阿勒斯泰帶大，常去舊貨店和古著商場買東西的話，這些衣物可能會讓人更困擾。這裡有很多膝蓋部位撕裂的黑色牛仔褲和過膝的工作短褲。除此之外，還有保暖的格眼衫、白T恤、以及很多的法蘭絨襯衫。九〇年代回來了，就出現在凱爾的衣櫃裡。

儘管埃力斯那樣說，凱爾還是希望這些其實是約瑟大師從二手店買來的。那樣就已經夠令人發毛的了，但當他檢視一件牛仔外套，發現上面有飾章和筆跡時，他得到了讓人更加發毛的結論——這所有東西真的都曾屬於君士坦・喚豐。

凱爾真心希望內衣是全新的，他可不想穿大魔王的內褲。

房門開了，賈思珀走進來。

「我——我——沒——沒辦法。」他結結巴巴。「我不能住在那裡！」

「又怎麼了？」凱爾質問。他受夠了賈思珀的抱怨，畢竟沒有人想被綁架的呀！沒有人想睡在這裡。「不可能比這裡讓人更發毛吧！」

賈思珀環顧四周，仔細看了一下，然後他轉向凱爾。「跟我來。」他的語氣嚴峻，凱爾不由得尾隨著他，而小肆也跟在後頭。

他們穿過紅色走廊，走進一條綠色廊道，經過兩扇門後，賈思珀推開接下來的那一扇門。

這是一個有著大面窗的大房間，流瀉進來的光線映出屋內蛛網密布。大部分的表面都沾滿灰塵。看起來像是德魯死後，就沒人住過這房間。凱爾必須承認，這裡令人毛骨悚然——尤其是加上那些馬兒。

陳列在架子上的馬兒排滿了整面牆，數以百計的塑膠馬兒、海報上的馬兒、檯燈旁的馬兒，床單上奔馳的馬兒。

「真的是很多……」凱爾目瞪口呆，設法擠出聲音。

「看到了吧？」賈思珀說：「我沒辦法睡在這裡！」

就連小肆看起來也有點被嚇到了，牠憂慮地嗅聞空氣。

「我猜想對馬兒的迷戀，不能只算是德魯的掩護。」凱爾說。他必須承認，這個房間真的可能比他自己的還糟。

「牠們在看我。」賈思珀完全嚇壞了。「不管我走到房間哪裡，牠們都用黑溜溜的眼珠盯著我，這太可怕了。」

塔瑪拉走進房間，可以看到她身後的紅色走廊上有一扇門微微開著。「你們在看什麼……哇！」她對馬兒眨了眨眼睛。

「妳的房間是什麼樣子？」賈思珀想知道。

「不重要。」塔瑪拉很迅速地回答。「非常無聊。」

凱爾瞇起眼睛，頗感懷疑。

「或許我可以睡在那邊？」這個念頭似乎讓賈思珀雀躍，彷彿他們現在的問題是出現在住宿上，他往紅廊那扇微開的房間走去。

「不可以！」她跟著他後頭急急說道：「而且沒道理要看——」

但此時他已經完全拉開房門了。凱爾一度認為賈思珀臉紅了，但這只是房間內部的反射。房間是粉紅色的，真真正正非常非常的粉紅。

塔瑪拉重重嘆了一口氣。「我知道我們有更大的麻煩，但是我的房間實在太讓人難為情了！」

房間牆壁漆成淡粉紅，搭配掛著虹彩薄紗帳的深粉紅四柱床，還有一大堆縐摺飾邊的螢光粉紅床罩。床上放了一個有著銀色布角的巨大獨角獸填充玩具，地上有一張心形的毛絨絨粉紅地毯。

「哇喔！」凱爾驚呼。

「你們應該看看櫃子裡的衣服。」塔瑪拉說：「不，其實應該說，大家都不准打開櫃子。」

樓下傳來一聲：「吃晚餐了！」

「你們認為這會不會是約瑟大師讓我們睡不著覺的殘酷計畫？」凱爾在他們結伴走

到樓下時提出疑問。「邪教不是會藉著讓人疲累，來進行洗腦工作？」

塔瑪拉皺皺鼻子，像是打算反駁，卻什麼也沒說，反倒好像開始衡量這個可能性。

他們走進擺放長桌的房間，桌上已準備好六個人的餐具，堆放了足以餵飽兩倍人數的食物。凱爾只好重新思考約瑟大師可能有不同的殘酷計畫，邪教除了不斷剝奪睡眠外，也不會讓人吃飽飽，但約瑟大師卻似乎打算餵撐他們。

辣椒肉醬已放到餐桌中央，上面鋪了一層厚厚的乳酪，發出熱騰騰的可口蒸氣。一個大盤子盛著更多的碎乳酪、蔥花，還有一罐酸奶油。金黃色的玉米麵包堆得像金字塔，旁邊放著一條插了刀子的奶油和一罐蜂蜜。餐桌旁的餐櫃裡還擺了三個餡餅，其中兩個是胡桃派，一個是地瓜派。凱爾的肚子咕嚕咕嚕叫了起來，聲音大到賈思珀驚訝地回頭看他，而他身後的一個混沌獸可能也有同感。

一名人形混沌獸砰地放下一個像是裝了蜜茶的水瓶，動作大到濺出一些液體。混沌獸以空洞的眼神看著凱爾，像是行禮一般，頭朝他微傾，然後就離開餐廳。凱爾心中想著剛才混沌獸的粗暴動作，他一直認為混沌獸加入戰事只是因為服從命令，但也有可能是牠們本性嗜血。

然後，眼前的美食讓他太多過垂涎，再也無法思考其他事了。

他們的反應似乎讓約瑟大師很高興。「坐，坐吧，其他人馬上過來。」

凱爾吃了那麼多個月的噁心牢飯，完全不需要催促。他滑進一張椅子，熱切地把餐巾塞進襯衫上。

「你覺得裡面會不會下毒？」塔瑪拉輕聲說，坐到他旁邊。賈思珀坐在她的另一邊，湊過來聽她在說什麼。

「他自己也要吃。」凱爾說，收回目光轉向約瑟大師。

「他可能已先吃過解藥。」塔瑪拉堅稱：「同時把藥給了埃力斯和安娜絲塔西亞。」

「他不會綁架妳和凱爾過來，又給你們量身布置房間，只是為了給你們下毒。」賈思珀輕聲回嘴。「你們兩人都是腦殘，他唯一會毒害的人是我。」

門開了，安娜絲塔西亞走了進來，埃力斯跟在她後頭。凱爾幾乎忘記兩人早就認識——安娜絲塔西亞和埃力斯的爸爸結婚，以隱藏她依莉莎・噢豐的身分。她身著白色褲裝，頭髮往後挽成滑順的髮髻，顯得雍容華貴。埃力斯穿著牛仔褲和印著骷髏天蛾的黑色上衣，這件上衣其實很酷，凱爾發現自己也希望有一件。（話說回來，這的確像是大魔王應該穿的衣服。）

埃力斯坐下後，立刻拿盤子裝了辣椒肉醬。賈思珀見狀，馬上接過埃力斯的調羹，沒多久大家都開始埋首大啖晚餐。只除了安娜絲塔西亞，她只拿了一些玉米麵包，輕咬著邊邊。

才吃了第一口辣椒肉醬，凱爾嘴裡頓時迸現各種滋味，它多汁味美帶著煙燻味道。這不是監牢的食物，也不是地衣。「邪惡的食物實在太好吃了。」他對左邊的塔瑪拉小聲嘀咕。

「他們就是這樣讓你上鉤的。」她低聲回應，卻已伸手拿了第二次的玉米麵包。

「真是太令人開心了。」約瑟大師說，帶著一種惺惺作態的慈祥態度掃視全場。

「這讓我想起以前和君士坦以及他的好友一起吃飯的情景，賈思珀，你成功扮演了阿勒斯泰・亨特；而塔瑪拉當然就是瑟拉。」

塔瑪拉想到自己成了凱爾的媽媽一臉駭然，凱爾則對整段話驚懼不已。

「啊哈！」埃力斯像是在自得其樂。「那麼我又是誰？」

「不是月成。」安娜絲塔西斯冷冷地說。

「你是德克蘭。」約瑟大師說：「他是個好男孩。」

德克蘭・諾伐克是凱爾的舅舅，為了保護凱爾的媽媽，死於冷血屠殺之中。雖然他沒見過舅舅，但確信他一定不像埃力斯。

「我應該是君士坦。」埃力斯低聲抗議。他的視線投向另一個房間，那裡的壁爐上方掛著白銀面具和萬能手套。

這句話使全場陷入一陣不自在的靜默。「哦。」賈思珀大聲打破沉默。「誰準備好吃派了？我想我準備好了。」

他帶著盤子起身，但約瑟大師示意要他留在原處。

「凱爾選第一片派。」約瑟大師說：「這屋子裡的一切都是用來服侍死神敵的。」

埃力斯砰地放下叉子。「所以不管凱爾說什麼，我們都得照辦？只因為他擁有死人的靈魂？」

「對。」約瑟大師說，覷眼看著埃力斯。

賈思珀吞嚥了一下，沒拿派就坐下。

「凱爾甚至不想要。」埃力斯嚷道：「他不想製造更多的混沌獸！他不想率領軍隊攻打教誨院！」

「這裡沒有凱爾。」約瑟大師說：「只有君士坦．喚豐，我們的工作就是要讓凱爾了解他是什麼人。」

「不對。」塔瑪拉聲音顫抖。「凱爾是凱爾，不管害君士坦變成那個樣子的是什麼，都不會發生在凱爾身上。」

「小淑女，君士坦會變成這樣子。」約瑟大師說：「是因為失去了他最好的朋友，也就是他的弟弟，他的平衡力。妳難道可以說，凱爾沒有遇到這種事？」

聽到艾倫的事，凱爾憤恨不已。他抄起盤子旁的鈍刀，指向埃力斯。「我沒有失去我最好的朋友，埃力斯殺害了他，搶走他的喚空能力，但是他永遠不及艾倫的一半。」

埃力斯的眼睛冒著熊熊怒火。「我比你們任何人優秀兩倍，我自學改造萬能手套，從另一個魔法師身上取得運用混沌的能力。我是有史以來第一個辦到這件事的喚空者，我在短短幾個月內就學會創造混沌獸，而你卻從來沒做過！」

凱爾想到他嘗試喚回珍妮佛．松井的經過，卻什麼也沒說。

「你真是太噁心了！」塔瑪拉說：「為這種事自豪真是太噁心了！」

「你們兩人！」約瑟大師呵斥。「你們所有人聽著！我知道取得共識不容易，但這樣無濟於事。埃力斯，你是有很多成就，不過那全都是根據君士坦的發現。我們來給凱爾一個機會，讓他找出自己是什麼人——如果他做不到，我會親手剝奪他的力量。」

凱爾想到了萬能手套以及它的威力，不禁倒抽了一口氣。約瑟大師耗費多時，期盼擁有混沌的力量。現在，如果他願意，就可以得到。

賈思珀站起來，為自己切了一大塊胡桃派。大家停止了叫嚷，注視他把派放進自己的盤子裡，然後坐下來，再叉了一大口看起來美味無比的派往嘴裡送。

「怎麼了？」發現大家都看著他時，他問道。「這樣才有幫助，現在，他們用不著爭執由誰來拿第一塊。」

埃力斯一副想跳過桌子勒死賈思珀的樣子，凱爾經常也有這種衝動，但在當下，賈思珀的討人厭卻成了十足英勇的行為。

約瑟大師也切了派，而凱爾吃了一大片地瓜派，每一口都怒目狠狠咬下，試著藉由吃派的優越感，展現主導權。埃力斯的手法倒是很差勁，他挑掉餡餅上面和中間的胡桃，把酥皮和派餅餡留在盤子裡。凱爾對他嗤之以鼻。

最後，約瑟大師終於起身。「今天是漫長的一天，看來休息的時間到了。凱爾，冰箱有漢堡絞肉可以給小肆吃，需要什麼就自己拿。我希望你已經了解到嘗試離開我們是愚蠢的舉動，每一道門都有混沌獸守著不讓你離去。」

凱爾不發一語，因為也沒什麼話好說的。他再度成了階下囚……而這一次賈思珀和塔瑪拉也成了囚犯。

安娜絲塔西亞離席前，捏了捏凱爾的肩膀，並且親吻他的頭頂，讓他不太自在。他直挺挺坐著，努力不要畏縮。他從小就沒有媽媽，但這並不是他想像有媽媽的樣子。

等他們單獨回到了樓上，塔瑪拉轉向賈思珀和凱爾，露出充滿決心的神情，低聲誓言：「**我們要離開這裡！**」

他們趴在毛絨絨的心形地毯上，在粉紅房間裡開會。在他們擬定策略時，塔瑪拉粗暴地從一些非常詭異的粉彩洋裝褶邊和袖子上，扯掉蕾絲。粉紅色應該撫慰人心，但凱爾只覺得沮喪和非常非常的飽。

「真不敢相信在妳原本的逃脫計畫中，還需要另一個逃脫計畫。」賈思珀說：「妳的逃脫能力真是遜斃了。」

塔瑪拉狠狠瞪著他。「我想我們愈逃，就愈有機會成功。」

過了一會兒，賈思珀神情發亮。「或許被綁架不算什麼壞事，我是說，這非常戲劇化，等瑟莉亞知道了我的遭遇，她會因為拋棄我而感到痛苦。她會把我的照片捧在胸前，擔心我的安危，為我們過去的愛情流下淚珠。她會這麼想，要是他能回來就好了，我會懇求他再次當我的男朋友！」

凱爾瞠目看著賈思珀，啞口無言。

「不過，我是說，這只有在我們沒有太快逃走時才可能發生。」賈思珀繼續說道：

「她需要時間發現我失蹤了，感受漫長的折磨。或許需要幾星期，畢竟這裡的食物相當好吃。」

「要是到時候她已經交了其他男朋友呢？」塔瑪拉問。「我的意思是——」

「好。」賈思珀打斷她。「我們要怎麼做？必須今天晚上就進行。」

「我檢查過窗子了——至少是這房間的窗戶，就像圓形監獄採用的，它是元素材質，打不破。」塔瑪拉說：「我們可能需要施展魔法才能突破，但這樣要花一番工夫，還可能啟動警報。」

「所以不能從窗戶逃走。」賈思珀說：「那麼傳個訊息給拉雯如何？」

塔瑪拉搖搖頭。「要傳訊息的話，我們還是得先離開這裡。我可以嘗試召喚另一隻火元素獸，派牠去找她，但這真的太高深了，我從未做過類似的事。」

「呃，約瑟大師的確說，我應該去拿冰箱的東西餵小肆，他一定也知道我得帶牠散步。」凱爾說：「至少，這會讓我們離開這棟建築物。」

「我們不會全部都被允許帶牠散步。」塔瑪拉指出：「約瑟大師沒那麼笨。」

賈思珀皺皺眉頭。「對，而且一定還有其他混沌獸在場，不是嗎？這裡是死神敵的基地，牠們一定全都在這裡。」

「所以呢？」塔瑪拉問，又從一條裙子上扯掉花邊，留下一撮線頭。「這對我們來說不是更糟糕嗎？」

賈思珀斜眼瞥向凱爾。「不會，因為這表示其中有一些是凱爾可以控制的。要是我們帶小肆散步，然後凱爾讓他的混沌獸和埃力斯的混沌獸打架呢？這樣就可以聲東擊西，讓我們偷溜？」

凱爾深深吸了一口氣。「或許應該你們兩人逃就好了，就像你們說的，你們可以帶小肆散步，然後一去不回。不管樹林裡有什麼，小肆應該都可以保護你們的安全，而我可以留下來努力阻擋他們追蹤你們。你們可以去搬救兵，魔法世界可能痛恨我，卻不希望我和約瑟大師在一起——他們認為這樣很危險。」

「凱爾，如果我們逃跑，約瑟大師可能會帶你一起離開這裡。」塔瑪拉說：「他們不會等到我們帶著聯合院和軍隊回來，不行，我們得一起走。」

「而且——」賈思珀說：「如果聯合院追上你，發現你和約瑟大師在一起，他們會認定你是自願加入。」

凱爾心想，賈思珀有個壞習慣，總是可以想像人們所能想到最壞的事；可能是因為他的心思也是那樣轉。不過，這倒也不能就說他不對。

「好吧。」凱爾說：「那有什麼計畫？」

塔瑪拉深呼吸。「就靠混沌獸。」她說。

「就像我說的那樣，讓牠們彼此打起來？」賈思珀看起來很高興。「真的嗎？」

「不是。」塔瑪拉告訴他。

「或許這屋子裡的混沌獸都效忠埃力斯。」凱爾說。

「我不認為。」塔瑪拉說：「記得他說的話嗎？我創造了這些。他不可能創造出屋裡所有的混沌獸，這裡實在太多了。其中有一些必定是君士坦創造的，而且效忠你。」

凱爾想起餐廳裡那個混沌獸僕役低頭行禮的模樣。「我想我知道去哪裡找了。」他緩緩說道。

那天晚上氣溫寒冷，所以他們分開去穿外套，然後在房間外頭的走廊會合。賈思珀的毛衣上有馬兒圖案，塔瑪拉穿著一件蕾絲全被扯掉的淡綠色長洋裝，加上她的牛仔外套和報童帽。凱爾用狗繩拉著小肆。

「出發。」塔瑪拉嚴肅地說。

他們躡手躡腳走下樓梯，走進寬闊的玄關。那裡的光線昏暗，十分陰暗。看到約瑟大師下樓，凱爾連忙把小肆的狗繩遞給塔瑪拉，溜進餐廳。

「你們在做什麼？」他質問塔瑪拉和賈思珀。

凱爾的眼睛壓向門縫。約瑟大師穿著一件灰色的絨毛浴袍，這模樣應該讓人發噓，但是沒有，他的臉上流露出晚餐時所隱藏的殘酷神情。

「我們得帶小肆散步。」塔瑪拉抬起下巴。「如果不帶牠去，事情就麻煩了，你的地板和你的地毯就會遭殃。」

小肆哀鳴了幾聲。約瑟大師嘆口氣。「好吧。」他說：「但不要離開房子的視線範圍。」

讓凱爾驚訝的是，約瑟大師站在那裡看著塔瑪拉和賈思珀打開大門，兩人一臉懷疑互看了一眼，就走上前面門廊。凱爾看到遠方有水流——河流隔絕了他們和陸地。這屋子可說是擁有絕佳的景色，但是凱爾真的已開始憎恨它。

大門關上後，約瑟大師又站了一會兒，才轉身走向走廊。

凱爾轉過頭來面對餐廳的黑暗，微微感到恐慌。約瑟大師是因為不在乎塔瑪拉和賈思珀，才讓他們離開？還是他試著讓他們知道，他們可以信任他？或是外頭有什麼可怕的東西會困住他們，甚至是傷害他們？

「主人。」一個聲音傳來。

凱爾嚇了一大跳。陰暗中有一個影子籠罩，是之前向他行禮的混沌獸。牠有深色的頭髮和所有混沌獸都有的閃爍眼睛，走路時一瘸一拐，顯然死前有受傷。有時，凱爾就是很難記起混沌獸全都是活死人。想到這對其他人來說或許不難，凱爾壓抑住一陣寒顫。

「帶我到外面。」他說：「不可讓約瑟大師發現。」

「是─是的。」混沌獸轉身，領著凱爾走出餐廳，再走過一連串轉彎甬道。凱爾瞥見有個大房間地板上有排水孔，感覺像淋浴間；還有一個房間擺放了一排又一排困在罐子裡的發光元素獸；他甚至認為看到一個房間的牆壁拴著許多手銬。

哇喔！

混沌獸帶他走上最後一條走廊，走廊通往一扇拉開幾個生鏽門栓就可以打開的門。門後就是房子的側面，是一片茂密的草地。

他辦到了。

草地外圍有一片樹林，生長著陌生的林木。這裡的氣溫也非常冷，對九月來說，並不合時節，他們必定來到了北方。他走向樹林，雙手摟抱著身子，他可以稍後再來擔心寒冷的問題。

「好。」凱爾對混沌獸說。跟隨他的混沌獸的腳步聲無聲無息，令人不安。「我在這裡等，去找我的朋友過來──就是一個戴帽子的女孩、一匹狼，還有一個剪著詭異髮型的男孩──告訴他們我在哪裡。我的意思是，不是用說的，他們聽不懂你的話，但或許你可以比手劃腳讓他們明白？」

混沌獸用牠旋轉的眼睛看了他好一陣子，凱爾心想自己是否應該用另一種方式描述塔瑪拉、小肆和賈思珀。或許混沌獸不懂什麼樣的髮型算是詭異，或許牠們的品味也不好。

「是──是的。」牠再次回答。儘管牠看起來很怪異，但也讓凱爾開始安心。混沌獸搖搖晃晃移往大屋的前方。

凱爾坐在附近的圓木，回頭看著大屋。儘管他所知的燈光都已經亮起，它還是顯得一整個陰暗和荒涼，甚至可說是荒廢了。這一定是大氣魔法的幻影，凱爾得小心留意有沒有其他其實並不存在的事物。

對於離開，他有種異樣的感覺。不是說他想要留下來──他不喜歡約瑟大師，他痛恨埃力斯，而安娜絲塔西亞更讓他發毛──但是，他也不喜歡回到監獄。儘管塔瑪拉可能想要保護他安全，但他認為這並不容易。

整個魔法世界只想報復君士坦，才不在乎凱爾倫姆的遭遇。

他覺得沒有人關心凱爾，只想著君士坦。

他聽到朝他走來的沙沙腳步聲，趕緊修正剛才陰沉的想法。塔瑪拉關心他，小肆也關心他，賈思珀也算關心──或至少說，他不把凱爾當成君士坦。

而且阿勒斯泰也關心，或許他可以和爸爸一起離開這個國家。畢竟，阿勒斯泰正因為這個原因，一直不希望凱爾落入魔法師手中。他可能有所準備，而且他所販賣的古董在歐洲一定很特別。

「凱爾！」塔瑪拉跑向他。「你辦到了。」

賈思珀看著混沌獸，打了一個寒顫。小肆一直緊張地嗅聞空氣，而遠方，傳來一聲嗥叫。

「牠可以再幫忙我們一陣子。」凱爾指著混沌獸說道：「帶我們到最近的大路上。」

「遵──遵命。」混沌獸說：「往這──這邊。」

凱爾勉強起身，作好心理準備，開始讓疼痛的左腳在黑暗中進行另一次長途跋涉。

他們一行人藉由月光盡可能地迅速移動，小肆在前方警戒，然後又折回。凱爾行動落後，他已經不習慣走路了，這幾個月來的走路經驗只有在牢房裡踱步，以及前往審訊室的路上。他的腿痛極了。

幸好，混沌獸配合著凱爾的步調前進。

「他們會注意到我們不見了。」賈思珀對凱爾露出懇求的眼神。「他們會來追我們。」

「我盡力加快速度了。」凱爾生氣地低聲回嘴。他痛恨因為他才發生這種事，而且因為他才拖累了大家。

「不容易找到我們的。」塔瑪拉狠狠瞪著賈思珀說道：「他們不知道我們走哪個方向，我敢說他們也不知道有嚮導跟著我們。」

凱爾感激她出面維護他，但感覺還是很壞。不過，他的情緒不一會兒就稍稍振奮了，此時，地面開始往下通往一條鋪著漆黑柏油、足足有兩線道的道路。

小肆也興奮地吠叫了一聲。

「噓！」凱爾連忙制止，只是他自己也很興奮。

他們爬下山坡。

「呃，我想——」凱爾對混沌獸說：「你還是在這裡等候，好嗎？我們會回來找你。」

混沌獸立刻止步，直挺挺站著彷彿一尊恐怖的雕像。凱爾心想，不知會不會有人開車經過，然後試圖把牠塞進後行李廂，就像阿勒斯泰發現路邊的雕像時會做的事。

大家匆匆來到路上，找尋比較光亮的地方，以便攔下行經的車子。賈思珀低聲說：「如果有車子的話，這裡一定有橋，一定有路可以離開這座島……」

凱爾沒想到這一點，但這個邏輯稍稍緩解了他胸口的壓力。或許，他們比他想像的還接近自由。如果這裡有橋，他們就可以搭便車過橋，就實際離開約瑟大師的控制範圍。他前後張望這條路，看起來是杳無人跡。他們已轉過一個彎道，所以已經看不到混沌獸了。

突然間，光線朝他們射來，塔瑪拉驚喘了一聲。是一輛送貨廂型車，車身用可愛得過火的字體寫著「仙境花店」。

「送花貨車。」賈思珀聽起來像是鬆了一口氣。想到島上其他東西，這輛車的確像是相當無害。

塔瑪拉衝到路中央，揮舞雙手。她大可以用火魔法製造出一個大火把，凱爾心想，不過這可能會嚇到一般人。

貨車發出尖銳的煞車聲後停了下來，一名理了一頭短髮、反戴棒球帽的中年男子從窗戶探出頭來。「發生什麼事了？」

「我們迷路了。」塔瑪拉說。她摘下報童帽，髮辮跟著落下，然後她無辜地眨眨眼睛。穿著那身粉彩洋裝，她看起來有如從復活節找彩蛋活動跑出來的人。「我們划船來島上參觀，船卻在我們不注意的時候漂走了，而太陽又下山……」她吸了一下鼻子。

「大人，您可以幫幫我們嗎？」

凱爾認為加上「大人」這兩個字似乎演得太過火，不過那人似乎很買帳。

「沒問題。」那人一臉困惑地說：「我想可以。呃，上來吧！孩子們。」

他們上前時，他伸出結實的手臂，顯露出二頭肌上形似眼睛的一大片刺青，它有種詭異的熟悉感。「哇，哇，那是什麼？」他指著小肆。

「是我的狗。」凱爾說：「名字叫做——」

「我不管牠叫什麼名字。」那人說：「牠好大隻。」

「我們真不能丟下牠。」塔瑪拉用水汪汪的大眼睛看著那人。「拜託，牠真的很乖的。」

於是，凱爾接下來就發現自己和賈思珀、小肆坐進空蕩蕩的後車廂，這裡沒有椅子，只有無窗的金屬四壁和地板。司機叫做雨果，他讓塔瑪拉坐到駕駛座旁邊的位子。

當雨果關上金屬車門，把他們鎖在後車廂時，塔瑪拉對凱爾和賈思珀投以充滿歉意的目光。

「叛徒。」賈思珀說：「又再一次被女人背叛了。」

貨車開始啟動，車子一行駛，凱爾感覺自己的肌肉立刻放鬆下來。他或許得和賈思珀一起坐在黑暗之中，但他逃離了約瑟大師和埃力斯。

「知道嗎？」他說：「這樣的態度可不會幫你贏得瑟莉亞的。」

火花閃現，賈思珀的手中燃燒著由火魔法形成的小小火焰。它照亮了車廂內部，和賈思珀若有所思的愁容。

「知道嗎？」他說：「這裡聞起來不像有花朵在。」

經他一提起，凱爾發現他說得沒錯，他們腳邊也沒有散落的花瓣和花梗。車廂裡有個氣味，卻偏向化學味道——比較像是甲醛。

「我不喜歡那人的長相。」賈思珀說：「還有他的刺青。」

凱爾突然想起他在哪裡見過那個眼睛刺青了，就在那個永難入眠的圓形監獄的閘門另一側。他的心臟狂跳，那人會不會是過來抓他回去的守衛？

凱爾聽見車子前方傳來塔瑪拉的叫聲：「不，不是那條路。不！」

雨果回了幾句話，但車子開上泥土路，開始顛簸搖晃，所以凱爾聽不太清楚他說了什麼。

然後，車子猛然停住。過了一會兒，車廂後門開了。

約瑟大師站在車尾，神色嚴峻。雨果把他們帶回死神敵的基地了。

「過來，凱爾倫姆。」他說。他的語調平淡冷靜，但是凱爾見到他放在身側的雙手已握成拳頭。約瑟大師怒火中燒，儘管他不希望雨果發現。「我們必須談談，我原本希望在明天比較好的情況下再談，但是我不能放任你在島上遊蕩。」

塔瑪拉爬出前座，像是深受打擊。凱爾和賈思珀爬下後車廂，小肆跟著跳下來，牠用鼻子磨蹭凱爾的手掌，顯然這一切經過讓牠困惑不已。

不幸的是，凱爾現在徹底了解到，約瑟大師的監牢並不是那棟房子，而是整座島。

「先生，綁架你是我的榮幸。」雨果對凱爾咧嘴大笑。「你可能不記得我了，但我在圓形監獄見過你。」他拍拍手臂的刺青。「我也在那裡，你知道，自從那場戰爭後就被關起來了。我們很多人都被關了，但等你進來之後，我們就知道一切就要好轉。我們對你的信念從未停止，即使他們說你死了。如果真有人可以重生，那就是死神敵。」

賈思珀和凱爾看著塔瑪拉，發現她雙手摀住嘴巴。攻擊圓形監獄終究不只是釋放了凱爾，約瑟大師也利用安娜絲塔西亞來協助他放走君士坦的舊部屬。

「我不想留在這島上。」凱爾說：「你難道不認為如果你效忠我，就應該讓我如願嗎？」

「謝謝你如此迅速帶他們回來。」約瑟大師在凱爾的話對雨果產生效應前連忙說道。雨果再次露出微笑，對凱爾點點頭後，便爬回他的廂型車。「祝你早日找回記憶。」他說：「你會很快想起來要留在這裡的原因。」

凱爾心情沉重地看著廂型車呼嘯而去，也帶走他們的逃脫計畫。

他心灰意懶跟著約瑟大師走回屋子，塔瑪拉、小肆和賈思珀跟在他後頭。約瑟大師從口袋拿出一把鑰匙，打開他們一直沒去過的客廳，那裡似乎沒有暖氣，幾乎就跟外頭一樣冷。房間的遠端有一道雙扇門，中央有兩張長沙發。

約瑟大師示意要他們坐下，不過他自己仍舊站著。

「我可以剝奪你們的魔法和性命。」約瑟大師說：「我可以拿走你們的力量做為己用，你們比較希望這樣嗎？」

「如果這就是你計畫中的事，那你還在等什麼？」凱爾質問。

塔瑪拉和賈思珀兩人都從沙發半起身，彷彿認為就要開戰，小肆也咆哮出聲。

不過，約瑟大師只是放聲大笑。「我有個提議給你……凱爾倫姆，這樣如何？等你完成我給你的任務，到時你還想要的話，就可以跟你的朋友離開這座島。」

「任務？」凱爾問：「這是什麼詭計手法嗎？像是得馴服絕無可能的元素獸，或是區分整座沙灘的沙子？」

約瑟大師微笑。「不是那樣。」他打開遠端的雙扇門，過了一會兒，凱爾和其他人都隨他站在入口。

那是一個漆得雪白的大房間，裡面除了一張金屬桌子外，空無一物。桌面上方放了一具受到完善保護的屍體，白布蓋住了頸子以下的部位。

「任務就是——」他說：「讓艾倫・史都華復活。」

第六章

凱爾聽見塔瑪拉驚恐地倒抽一口氣，她蹣跚往後退，賈思珀抓住她的手臂，因為凱爾辦不到，他已完全僵住了。

檯面上絕對是艾倫，他仰天躺著，金髮經過梳理，綠色眼睛空洞地張著。

小肆的頭往後仰，發出一聲淒涼的可怕嗥叫，像是被拋棄了，又深感恐懼。牠彷彿替凱爾發出了他無法發出的聲音，聲音一再迴盪在凱爾的耳朵，他站在那裡，身體開始顫抖。

「老天，別再叫了——」埃力斯穿著黑色絲質睡衣出現在他們身後。他的頭髮凌亂，睡眼惺忪，一臉惱怒，不過這樣的表情很快就變成不懷好意的笑容。「哦，我看到你決定讓他們了解這裡到底是要做什麼事了。」

塔瑪拉、凱爾和賈思珀駭然看著他走到桌前，拉下白布。艾倫身上穿的必定是原本計畫入殮的衣物——他的青銅年級制服。埃力斯抬起屍身的一隻手腕，腕帶在手腕上閃爍。除了鍛鐵、紅銅與青銅年級的石頭外，還有象徵英勇事蹟的石頭裝飾在他的腕帶上，以及代表混沌的黑石，因為他生前是喚空者。

凱爾苦澀地想著，看看這些人對他做了什麼。埃力斯奪走了他的魔法，現在他只是一具空殼——這具空殼原本充滿著生命、活力、混沌力量和艾倫。「別碰他。」凱爾怒吼。

埃力斯放開艾倫的手，它毫無生氣咚地落在檯面上。「死了。」他開心地說：「就是死了。」

「我想我們都收到訊息了。」賈思珀說：「多謝了。」

「這是怎麼回事？」塔瑪拉哽咽地說：「艾倫為什麼在這裡？教誨院會注意到他的遺體不見了！」

約瑟大師一直站在門口，以詭異的沉靜態度看著他們。他現在舉步走到房間中央，視線瞥了艾倫的屍身一眼，像是把它當成培養皿似的。「哦，他們已經知道了，他被帶來這裡已有一段時間。他們什麼也沒說，因為讓魔法世界知道他們也搞砸了這件事，對他們而言並不適當。過了三年時光，都沒注意到自己握有死神敵，現在又遺失了喚空者的屍體？聯合院一定會抓狂。」

「替凱爾說句公道話。」賈思珀說：「要猜到他是死神敵可真不容易，他非常狡猾。」

凱爾原本抓著小肆，現在他放開了牠。他的內心徹底麻木，已經不在乎小肆是否會跳到約瑟大師身上，準備張口咬他的臉了。

但是小肆沒有，牠反而跑向艾倫屍身躺的桌子，發出令人心碎的抽噎，然後蜷縮在桌底下。

「我不懂。」塔瑪拉努力抗拒淚水。「這有什麼意義？沒有人能讓死者復生！君士坦做不到，所以才會有混沌獸。」

「君士坦原本可以做到的。」約瑟大師說：「當第三次魔法世界大戰爆發時，他只差一些時日就可以突破，然後，因為冷血屠殺，他被迫一切重來。但是他——就是你——現在可以進行了。這個知識就存在他的靈魂，他的靈魂就在這裡，在你凱爾倫姆身上！」

凱爾看著檯面上的艾倫，他頭一次感覺約瑟大師說的事似乎不是那麼瘋狂。死亡很可怕——瑟拉已經死了十多年，阿勒斯泰卻仍悲痛不已。凱爾也想要有個媽媽，就算她對他有所保留。所有痛恨他的人也有同樣的想法，因為君士坦從他們身邊帶走了他們的親人。如果他，凱爾倫姆•亨特可以真的讓人死而復生——不是像混沌獸那樣令人毛骨悚然的半吊子成果，而是真真正正的復活——他們可能就會原諒他，他們會原諒一切。

而且，他可以再度擁有艾倫這最好的朋友。活生生、有說有笑的艾倫，重生的艾倫。塔瑪拉再也用不著煩惱救了凱爾是不是錯誤的選擇；凱爾可以用不著再想念他，一切都可以回到從前。

「這就是我準備提出的交易。」約瑟大師繼續說道：「凱爾倫姆，你留在這裡，從事讓艾倫起死回生的研究。因為這次不幸意外是埃力斯造成的，所以他會協助你。」

凱爾正想開口指出艾倫的死不是意外，而埃力斯其實是兇手，但約瑟大師還是說個不停。

「你可以參考君士坦的筆記還有我的經驗，等你讓艾倫復活之後，你就可以決定是要接受終結死亡的命運……或是可以選擇永遠離開。凱爾倫姆，如果你選擇離開，我就放你走。我會接受你身上沒有足夠的君士坦・喚豐靈魂，我會免除你接受他的命運。」

凱爾一度認為，自己聽錯了約瑟大師的話。經過這一切努力，他會直接放走他？

「那塔瑪拉和賈思珀呢？」凱爾問：「還有艾倫呢？」

「你們所有人。」約瑟大師承諾。「包括塔瑪拉、賈思珀、艾倫、小肆，你們全都可以離開。我要求的只是——你把艾倫帶到聯合院面前，讓他們知道我們的本事。如果他們仍想要一戰，那就開戰吧！但我有種感覺，見到摯愛的人復活會改變他們的想法。因為如果你可以讓你的朋友復生，就可以讓他們的朋友也復活，還有他們的丈夫、妻子、他們的父母、他們的小孩。每個人都曾痛失摯愛，而每個人的內心深處也都希望自己能活久一點。」

塔瑪拉清清喉嚨，她不再看著檯面上的艾倫，儘管凱爾看得出來她其實是很想繼續盯著。「那樣很公平。」她說。

凱爾如釋重負，他很高興不是只有他這麼想。如果塔瑪拉也想要這麼做，那麼想這麼做必定也就沒什麼問題。

「但是，凱爾倫姆——」約瑟大師繼續說：「如果你發現你的想法因為自己的成果而有所動搖，如果你發現聯合院淨是懦夫，不敢探測混沌魔法的深度，也不敢讓別人進行，那麼你就必須留下來跟我們在一起。」

「塔瑪拉、賈思珀，你們在這裡時，我也會訓練你們，我們需要像你們這樣年輕聰明的魔法師。你們聽過死神敵追隨者的許多事蹟，可能被引導，認為我們是惡棍，但等你們在這裡一段時間，可能就會對我們有不同的看法，就像你們已經可以從和君士坦有關的可怕故事中，區隔出凱爾。」

「你要訓練我們？」賈思珀問：「訓練什麼？」

約瑟大師對他微笑。「或許你已經忘了，我以前也在教誨院教過書。我教出許多優秀的門徒，他們大多數對混沌魔法完全不感興趣，現在教誨院有些門徒的父母就是出自我門下。」

凱爾料想那些父母現在並不見得會吹噓自己是約瑟大師的學生，他好奇他們的孩子是否知情。

「你接受這個交易嗎？」約瑟大師問凱爾。

凱爾看著艾倫的屍身，很想答應。如果有任何機會可以讓艾倫復生，他就願意嘗試。但是，這不只讓他的大魔王清單增加許多積分，根本就是清單本身，就是事情本身，這會讓他成為大魔王。並且不是其他大魔王，而是死神敵本尊。

然而，塔瑪拉沒有反對，她還沒有反對，就連賈思珀也沒有表示任何反對意見。他們也想要艾倫回來，凱爾知道他們想。君士坦曾想讓他的弟弟復活，但這是很困難的事。艾倫是好人，艾倫不應該死。

「好。」凱爾說：「我接受，我會讓他復生。」

約瑟大師露出興奮的笑容，埃力斯卻發出凶狠的怒視。

「我忘了提一件複雜的問題。」約瑟大師說。

「你不能改變交易。」塔瑪拉堅持。

「哦，不是，不是那樣。」約瑟大師和藹可親的態度已消失得無影無蹤，看起來就像凱爾第一次見到他時那樣冷酷無情，令人生畏。「只是這樣——如果你再次逃跑，我會摧毀艾倫的身體，他就再也沒機會復活。如果你之後又逃走，我會殺掉你們其中一人。只要你們三人恪守交易，我也會遵守條件。」

賈思珀猛然抽了一口氣。「你不能殺掉凱爾。」他說：「你需要他，他可是你的混沌魔法師。」

「埃力斯現在也有混沌魔法。」約瑟大師以同樣令人懼怕的語調回答：「而且我們有萬能手套，如果必要，我並非只是想殺掉凱爾，我也有方法和能力去做，進而取得他的能力。」

他想到約瑟大師晚餐時說的冷酷言詞：**我們來給凱爾一個機會，讓他找出自己是什麼人——如果他做不到，我會親手剝奪他的力量。**

「不過，我確信事情不會走到這一步。好了，去睡覺吧！」約瑟大師臉上的可怕表情不見了，又回復正常。至少，是他正常的模樣。「我們明天就要認真展開研究。」

說完話後，他就催促他們離開艾倫的屍身，然後鎖上門。

凱爾看了最後一眼，便往樓梯走去。爬樓梯時，他感覺徹底筋疲力竭。這一天以他還在監獄拉開序幕，卻以他答應嘗試起死回生作結尾，這是一件他原本認為自己永遠不會去做的事。

爬到樓上後，他走向他的房門，卻不知道自己是否能面對那個房間。他轉向塔瑪拉，發現她朝粉紅房間走去。

「我可以睡在妳房間的地板上嗎？」他問：「只有妳的房間不讓人發毛。」

「我也可以嗎？」賈思珀急急抓住這個想法。

塔瑪拉微弱地笑了笑。「好，沒問題。」

賈思珀跑去拿睡覺的東西，不見了人影。凱爾也跟著照辦，他換上睡衣，把床墊拖去塔瑪拉的房間，靠在她的床腳板前。

塔瑪拉佇立在窗前，身上是一件白色蕾絲睡衣。凱爾進來時，她抬起頭，凱爾發現她一副驚嚇顫抖的樣子。

他倏然停下動作，塔瑪拉看來像是失去了她每一絲鬥志。

「怎——怎麼了？」他問。

「因為艾倫。」她說：「他死亡的這件事就已經夠糟了，約瑟大師還偷走他的遺體——看到他一身雪白，冰冷地躺在檯面上的樣子——」

凱爾的雙腳無意識地自己移動了，他不能讓她就這樣一臉悲慘地站在那裡。他走向她，伸出手想要拍拍她的肩膀。但走近後，她卻摟住他的脖子，把臉埋在他的胸前。

凱爾震驚地站著，幾乎無法呼吸，他的心臟有如鬆開的氣球，在他的胸口橫衝直撞。她嬌小又溫暖，在他的心目中她總是顯得那麼勇敢，有時他都忘了她有多嬌小。她聞起來有香皂和陽光的味道，他好想深深聞著她，但知道這可能被當成怪異，甚至是令人毛骨悚然的動作。

他想到安娜絲塔西亞的話，儘管經歷了剛才那樣駭然的事，他的脈搏卻開始用力跳動，他不禁擔心塔瑪拉會注意到。

「凱爾。」她以悶沉的聲音說著：「我一直擔心艾倫死了之後，你就不願意再當我的朋友了。」

他的心臟狂跳。「我也擔心同樣的事。」

「不過，不是這樣，對吧？」她神情憂慮地抬起頭看他。「我們還是朋友，不管發生什麼事，我們永遠都會是朋友。」

他發現自己輕輕拍著她的秀髮，撫平她的髮絲。他覺得自己好像是別人，不是凱爾倫姆・亨特，而是一個值得塔瑪拉・瑞賈飛關心的人。「對。」他說。聽到自己脫口而出，他嚇了一跳，又微感驚惶。「自從我第一次看到妳……」

房門砰然開了，塔瑪拉和凱爾迅速分開，只見賈思珀一身馬兒圖案的睡衣，拖了一件毯子匆匆走了進來。他裹著毯子蜷縮在床邊，塔瑪拉走回床鋪，坐在床邊。凱爾裝作若無其事，爬回他臨時湊合而成的睡床。

「我剛才告訴凱爾。」塔瑪拉說：「我們必須小心，要非常非常小心。」

「這算是新聞嗎？」賈思珀問。

「約瑟大師考慮用萬能手套奪走凱爾的力量。」塔瑪拉說著，轉向凱爾。「想想看，如此一來，約瑟大師就可以成為死神敵。他用不著努力要凱爾按照他的希望去做；他可以親自執行。」

「但是他看重君士坦的靈魂。」賈思珀指出。

「我知道。」塔瑪拉說：「他絕對是認為凱爾比較有機會讓死者復生，否則他早就取走凱爾的力量了，所以凱爾假裝附和約瑟大師，說要讓艾倫復活是很聰明的做法。」

假裝附和？凱爾剛才感覺自己像在飄浮；現在他又墜落地面。塔瑪拉以為他對約瑟大師陽奉陰違，他無意執行讓艾倫復生的承諾？但是，他從沒這麼想過，而是認為他達成了協議。他以為，就這麼一次，自己沒做錯事。

就在剛剛，他們還是那麼親近，現在似乎全都錯了，彷彿他唬弄了她似的。

「我們會找到離開這裡的辦法。」塔瑪拉對他說：「同時得努力找出如何接近萬能手套的方法，如果我們能偷走它——或更好的是，摧毀它——你就會安全多了。這段期間，你只需要裝作努力讓艾倫復活。」

「沒錯！」凱爾比他預期的還用力回答：「當然是假裝，我正打算這麼做。」

但是，當他容許自己在小肆溫暖的陪伴下放鬆入眠時，他知道自己說的不是真的，他還是要讓艾倫復活。

或許，這不是正確的事，但要是一切都能回到從前的樣子，要是艾倫能夠活著，他們都能幸福快樂，他才不在乎對或錯。

第七章

隔天上午的早餐由混沌獸服務，凱爾和朋友像是來到全世界最詭異時髦的寄宿學校。混沌獸像在放石頭一般，重重放下盤子，使食物不時跳出來，掉入小肆的嘴巴。不過餐桌上還是高高堆著滴落奶油、培根和炒蛋的法國吐司，還有鮮榨的橘子汁和玉米糊。

塔瑪拉和賈思珀兩人都表現良好，顯然努力取信約瑟大師，表示他們都遵從他的計畫。塔瑪拉穿著一件只扯下部分蕾絲的淡藍色洋裝，賈思珀的上衣和褲子都有馬兒圖案。

埃力斯也在場，只是他除了黑咖啡外，什麼也沒吃。凱爾感覺埃力斯也有一張大魔王清單，但他的計分方式卻截然不同。他可能每次穿得一身黑，或是嚇倒小孩子就會給自己一分，如果同時達成，還給一顆金星。

吃完早餐後，約瑟大師和塔瑪拉就離開到圖書室上課，而剛喝完咖啡還焦躁不安的埃力斯就和凱爾回到放置艾倫屍體的房間。

兩人一路上都沒有交談，雖然埃力斯是凱爾這世界上最痛恨的人，他還是勉強自己和對方相處。埃力斯欺騙了他好多年，殺害了他最好的朋友，從他身邊帶走了艾倫。要是見到埃力斯送命，凱爾是絕對不會遺憾。他知道這算是自己大魔王的一面，但是他接受這一點。不過他提醒自己，埃力斯也是讓艾倫復生的途徑，埃力斯比他更了解君士坦的手法。

看到艾倫的屍體已經移走之後，凱爾不知道自己是不是鬆了一口氣。現在，室內放了另一張不同的金屬桌子，上面放了一些死去的僵硬小東西。

凱爾往後退。「噁。」他說：「那是什麼？」

「一般的花園白鼬。」埃力斯走到金屬桌後方。「我們來讓牠復活，先找東西練習。」看到凱爾的表情，他揚了一下眉毛。「凱爾倫姆，這是招魂術。可能會搞砸，也有危險性。一旦艾倫的屍身損壞了，就再也無法復原。」

「約瑟大師到底是怎麼偷走艾倫的遺體？」凱爾在埃力斯走到架子邊，拿下兩副沉重的帆布手套時問道。埃力斯把其中一雙扔給凱爾，自己留下另一雙。

「葬禮過後，安娜絲塔西亞留在教誨院。」埃力斯說：「她和約瑟大師安排釋放了一隻大氣元素獸，把屍體載來這裡。」他咧嘴一笑，套上黑色手套。「我敢說你可以聽到那些大師的尖叫聲響遍整個洞穴系統。」

「所以我想你並不想念那裡。」凱爾戴上手套說道：「教誨院，還有綺米雅。」

「綺米雅？」埃力斯爆出大笑。「你以為我會為綺米雅而憔悴消瘦？你以為我會為謊言難過？」

「我猜跟她說你是受約瑟大師奴役的殺人兇手，一定很難堪吧！」凱爾說。

埃力斯揚揚眉毛。「君士坦，我可沒注意到你有到處嚷嚷你的小秘密給大家聽。」

「反正他們現在全知道了。」凱爾說。

埃力斯對他露出一個奇特的表情。「對，沒錯，而綺米雅也知道我的事了。」他俯身看著白鼬。「那麼來吧。」

「那麼來吧。」凱爾複述。「該是你分享你的知識的時候了，你是怎麼復活死者的？」

「安娜絲塔西亞說你讓珍妮佛復生。」埃力斯說。

「對，但她變成……混沌獸。」凱爾一陣戰慄。「她的事全錯了。」

「她可以回答問題，混沌獸卻做不到，這是個開始。」

凱爾對埃力斯皺眉頭。混沌獸當然可以回答問題，牠們還會說話！這表示埃力斯聽不到牠們的話嗎？

現在凱爾想起了這件事，珍妮佛重新回到人世，讓大家聽到她說話，實在很詭異。這是不是表示凱爾對她的做法不一樣？是埃力斯並未對他的混沌獸施行的方法？

凱爾舉高舉戴著手套的雙手。「我想你才是這裡的專家，我想你已經『練習過君士坦的方法』諸此之類的了。」

「我懂很多。」埃力斯生氣地說：「首先，我們是混沌魔法師。混沌是非常不穩定的能量，我們的本能是抓取混沌塞進缺少靈魂的空殼身體，混沌獸就是這麼來的。」

「嗯哼。」凱爾點點頭，到目前為止，他都了解，只是本能的那部分有點令人毛骨悚然。

「但是每一個元素都會通往它的相反物，混沌的相反物就是靈魂，這種人性的東西讓人類成為了人，而白鼬的情況也一樣。」埃力斯一副自得其樂的樣子。「我們必須涉入這個領域，找到這隻動物的小小鼬鼠靈魂，並且把它推回牠的身體，就像君士坦把他的靈魂推入你的體內一樣。」

「好。」凱爾說，想起找尋珍妮佛的靈魂時是怎樣的感覺。他和艾倫找到她的靈魂蹤跡，讓她開口說話，但接著，她的靈魂就消失了，返回虛空之中。他曾經抓到它，它卻化為碎片。他想起怎麼把魔法注入那些閃亮的細線，來挽留住它。

結果她醒來成了混沌獸。

「好。」埃力斯說，彷彿凱爾沒有在聽似的。

「就這樣？」凱爾質問。他帶著新生的恐懼了解到，埃力斯並不比他了解怎麼讓死者復生。

埃力斯應該一直在研究君士坦的方法，而凱爾卻誤打誤撞採取了同樣或甚至更好的技術，這代表什麼意義呢？表示約瑟大師對凱爾的看法是對的嗎？就是擁有君士坦的靈魂讓他自然而然擅長讓死者復生？

埃力斯帶著優越的表情看著凱爾。「你可能不認為這有什麼了不起，但它可不像它聽起來那樣容易。」

凱爾嘆氣。「我已經試過了。」

「什麼？」埃力斯蹙眉。「你沒有——」

凱爾不在乎埃力斯，也不在乎他的態度。「我就是這樣帶回珍妮佛的，我不是有意讓她變成混沌獸回來，只是她的靈魂所剩無幾。」

凱爾一度以為埃力斯要揍他。「我還知道其他事，不過是秘密。」他伸出一根手指朝著凱爾戳弄了一下。

但顯然，這只是虛張聲勢。「如果你說的真的有用，那麼我們就用不著做任何實驗了。約瑟大師說君士坦就要有所突破了，而不是他已經突破了。」凱爾嘆息。「我想要親自看看君士坦的筆記。」

「為什麼？」目前的狀況完全超乎埃力斯預期，但他顯然完全不想讓步。

凱爾厭倦爭執了。「如果你不讓我看，約瑟大師也會讓我看。」

「我們先嘗試讓這隻白鼬復活。」埃力斯說：「來吧——集中精神。」

「我不知道——」凱爾說。

「那麼，我就自己來。」埃力斯緊緊閉上眼睛，額頭血管暴突似的。

凱爾可以感覺到空氣中的混沌魔法，它就像一陣熱風，幾乎可以嗅聞得到。

桌上的白鼬開始有了動靜，開始全身顫動。牠的後爪擺動，鬍鬚抖動，接著牠張開了漩渦般打轉的眼睛。

混沌獸。

埃力斯滿懷期望地張開眼睛，見到桌上的情況後，他揮拳捶打牆壁。

「你應該幫忙我。」他說：「我們需要的是更多的力量！」

白鼬跳下桌子，小肆被吵醒，開始追著牠，白鼬跳向房門。凱爾聽到碰撞的聲音，然後是一聲高頻的叫聲。

「以及另一隻白鼬。」凱爾對埃力斯說著，暗自誓言絕對不讓他接近艾倫的身體。

＊

他們決定休息去吃午餐，雖然凱爾其實不太餓。他心想，和一隻死掉的白鼬共處了好幾小時就會有這種效果。

埃力斯走向餐廳時，凱爾則走向廚房去找可以更快解決的食物……這樣就不用在吃飯時看到埃力斯。他發現廚房裡有個年輕男子在把茶具放上托盤。

「嗨。」那年輕人說。

凱爾不想失禮，也說：「嗨。」

見到凱爾一臉困惑，年輕人毫無心機地大笑說：「我的名字叫傑弗瑞，我沒有通過教誨院的入學考試，但是約瑟大師還是願意教我，並沒有束縛我的魔法。」

「哦。」凱爾說。他必須承認，這是吸收成員的好辦法，但凱爾不知道他們可以學會多少魔法。但要是答案是很多呢？凱爾想到開厢型車的雨果，思忖這島上有多少人在。

「你是凱爾倫姆，對吧？」傑弗瑞問。

「對。」他回答。

「跟我來。聯合院成員塔昆要我在你下課時，帶你去找她。」

凱爾不知道傑弗瑞以為他剛才在做什麼，但他還是跟著走進一個維多利亞時代風格的起居室。傑弗瑞把放著茶和三明治的托盤，端到兩張大型天鵝絨扶手椅中間的桌子上。

房間有一扇可以眺望翠綠草地的大大凸形窗，只見一個混沌獸推著除草機在草地上刈出奇怪圖案。安娜絲塔西亞正在裡面等候凱爾，仍是一身雪白的套裝，她示意要凱爾坐在她對面的扶手椅上。

傑弗瑞離開了，凱爾尷尬地坐進他的位子。放著冰蛋糕和切邊三明治的銀盤就放在中間，他拿起一個蛋沙拉三明治，小心翼翼握著。

「你一定很氣我。」安娜絲塔西亞說。

「妳這麼想嗎？」凱爾咬了一口三明治，但基本上，他還寧可吃地衣。「妳是說，因為妳欺騙了塔瑪拉，又背叛我們，讓約瑟大師綁架我們嗎？我為什麼要氣這些事？」

她抿緊了嘴唇，然後說：「凱爾，你被關在圓形監獄，我必須竭盡所能救你出來。你以為他們會給你自由嗎？不會。魔法師一發現你失蹤之後，必定立刻展開搜捕。」

「我看不出他們逮到我，和約瑟大師逮到我之間有何差別。」凱爾爭辯。「這裡不過是有三明治的監獄。」

「我在這一生中了解到，忠誠並不重要。」安娜絲塔西亞說：「自稱好人的人和顯然比較自私的人一樣，都可以輕而易舉毀掉一個人。凱爾，對我來說，最重要的是，能讓你安全活著。」她往前探。「按照約瑟大師的話去做，他會協助你讓艾倫死而復生。那麼，等你讓他復活之後，就可以到教誨院面前，展現你的成就。你難道以為他們會拒絕這樣的禮物？凱爾，大家都痛恨死亡的。」

「不過，並非每個人都得成為死亡的敵人。」

她搖搖頭。「你不懂，我說的是他們會接受你，他們會擁戴你做為他們的喚空者，也會擁戴你的魔法，並且運用它來帶回他們所愛的人們，你就不會再有危險。」

「我不知道那是不是管用。」他嘀咕，但她似乎沒聽到他的話。

「我在你的房間放滿了君士坦的東西。」她說：「我知道你仍在抗拒真正的自己，這很諷刺，因為小君也一直很頑固。」她以溫柔的目光看著他。「你埋藏真實的自己這麼長的時間，就讓那些照片和衣服圍繞著你，讓你的靈魂回憶起來。」她嘆息。「真希望我能留下來，就可以每天親自跟你說你以前的事，跟你說說君士坦小時候的事。」

這聽起來像是凱爾所能想像最糟糕的事了。「妳要走了？」他謹慎地問。

「我必須回去教誨院，找個好理由告訴他們說你們是怎麼被劫走，而我又是怎麼拚命逃出來。但願我可以讓他們相信我，這樣我就可以再留意他們的計畫一段時間。」

「要是我不能做到約瑟大師希望的事呢？」凱爾想到檯面上艾倫冷冰冰的身體問她。對，他想要艾倫復活，但是他不會讓埃力斯把艾倫變成混沌獸。他會竭盡所能來確保不會發生這種事。「君士坦不能讓死者復生，或許我也不能。如果我失敗了，約瑟大師就會用萬能手套來奪走我的能力。」

安娜絲塔西亞細細看了他一眼。「約瑟大師需要你，他只有在被逼到無處可退的情況下，才會使用萬能手套拿走你的力量。凱爾，他需要我們，而我們也需要他。」

「妳不在乎他會威脅到我？」凱爾說：「妳不認為我們應該擔心嗎？」

「如果我認為有更安全的地方，我就會去那裡。」安娜絲塔西亞說：「但是小君，你的靈魂，你那躁動不安的靈魂，永遠不是為了要獲得寧靜，而是要獲得力量。」她靠近他。「你擁有強大的力量，沒辦法就直接放棄這樣的力量。世界不讓你如此，不允許你只是安全躲藏起來。最後結局會是——不是統治世界，就被它踩得粉碎。」

這聽起來既悽慘又戲劇性，但凱爾只是點點頭，努力擺出一副若有所思的樣子，不要顯露不安。安娜絲塔西亞留戀地碰了一下他的臉頰，然後起身。「親愛的，再見了。」

儘管她在他身邊總是怪裡怪氣，他也不喜歡她一直說他有多像君士坦，但是見到她離開，他還是有點難過。安娜絲塔西亞想要他成為她死去的兒子君士坦，那是不可能的事，不過至少他覺得她應該是站在他那一方。

約瑟大師不是，不管他怎麼假裝都不是。

凱爾獨自吃著最後幾口的蛋沙拉三明治，一邊看著混沌獸直接把除草機推進河裡。吃完後，他到屋內找了一下塔瑪拉和賈思珀，希望可以說服約瑟大師讓他們一起學習。找不到他們的蹤影，他就回到白鼬的房間。埃力斯已經到了，而且還帶著兩隻已部分解凍的白鼬。

凱爾覺得有點反胃。

「拿去。」埃力斯把一本夾滿活頁紙的黑色筆記本砰地丟到桌子上。「這是君士坦最後的筆記，如果你想看其他的，用不著跑太遠，按照約瑟大師和安娜絲塔西亞的堅持，它們全在你的房間書架上。」

「謝謝。」凱爾不情不願地說，撿起了筆記本。

「好了，該你了。」埃力斯指著桌上的小動物。

凱爾看著白鼬，不知道自己辦不辦得到。但是他真的很想要艾倫復生，只要有任何機會的話……

他施展混沌魔法探向其中一隻白鼬，可以感覺到仍緊攫住它的寒意，可以感覺到原本靈魂所在地的銀色殘留，那裡還留有一些東西。

他努力握住它，努力讓它溫暖。但是殘餘的靈魂實在太少了，無計可施之下，他努力讓殘餘的靈魂膨脹。**我們需要的是更多的力量**，埃力斯曾這麼說。

凱爾吸了一口氣，聚集內在的混沌力量，探入只有喚空者可以看見的黑暗、激烈和旋轉的動作。他像是使用雙手一般抓住混沌，再拚命把它推入白鼬膨脹的靈魂，試圖在冰原中心點燃火焰。

他感覺火花出現，愈來愈大——

埃力斯大叫一聲，聽到室內傳來一聲巨大迴響時，凱爾連忙低頭閃躲。等他再度站起來，他眼前發黑。他覺得耗盡了魔法和能量，感覺虛弱又筋疲力竭。

埃力斯怒火中燒看著他，他身上濺滿了一塊塊凱爾不願細想也說不出口的東西。

「你炸掉了那隻白鼬。」埃力斯說。

「是嗎？」凱爾驚訝無比，但不幸的是，證據無所不在。他低頭躲到桌子底下，避開了大部分的噴濺，埃力斯和他的名師設計牛仔褲就沒這麼幸運了。埃力斯脫掉手套，把手套扔到桌子上。

「我今天真是受夠了。」

他大步走了出去，凱爾也跟著離去。沒人想跟兩隻死白鼬單獨同處一室，尤其其中一隻還被炸成碎片。

他希望打掃工作不會落在傑弗瑞身上。

*

「情況如何？」約瑟大師在當天晚餐時問道。

他們再度全部聚集在餐廳，但安娜絲塔西亞的椅子卻空了。餐桌擺滿了食物：馬鈴薯沙拉、捲菜絲沙拉、閃動著醬汁的燒烤肋排、糖蜜燉豆、綠葉甘藍。賈思珀早已吃掉一整根肋骨排。

「凱爾炸了一隻白鼬。」埃力斯報告。他看起來剛經過一翻刷洗，似乎一再又一再地沖過澡。

「總不能期待一開始就上軌道。」約瑟大師咬了一口肋排說道：「但我期望你們有穩定的進步。」

「我確定有人可以做得跟凱爾一樣好。」埃力斯說。他以銳利的眼神看著約瑟大師，彷彿在傳達他的希望，要約瑟大師立刻用萬能手套奪取凱爾的力量，就此採取行動。

「我相信沒有人能的。」約瑟大師說，只是他的下巴卻顯得緊繃，凱爾專注地盯著他。

約瑟大師可曾想要使用萬能手套，為自己取得混沌魔法？剛開始，他一直是君士坦的影子；現在又成了凱爾的影子。這件事是否曾經困擾他？實在很難判斷。他聲音平和地說：「我們從來沒有兩個喚空者一起致力這項研究，就連君士坦也都是獨自一人。」

凱爾心想，**我絕對是獨自一人**。沒有幫手都好過埃力斯在場，但是埃力斯只是以一種讓人不快的態度，在桌子另一頭對他露齒嘻笑。

「我們明天會修正做法。」埃力斯說。

晚餐過後，塔瑪拉和賈思珀都到凱爾的房間，交換他們今天的資訊，約瑟大師一直在教他們怎麼藉由大氣和水，形成堅實難破的表面。

但正如凱爾在遇見傑弗瑞之後所了解到的，在這裡上課的學生不是只有他們。還有其他魔法師，還有其他分組。雨果教導十名年輕的學生，而塔瑪拉和賈思珀看到了至少還有四個其他門徒組，而且這裡的門徒組人數比教誨院的分組人數還多。傑弗瑞可能也在教學生。

「只是，他不讓我們製造尖銳的東西。」賈思珀說：「不過，我想這樣很有道理，他又不想讓我們得到武器。我們已經得知大氣元素獸在萬能手套周圍形成保護——就跟守衛一樣。」他勉強擠出微笑。「但沒關係，我們會想出接近它的辦法。」

「凱爾，你呢？」塔瑪拉憂慮地看著他。「真的有那麼糟嗎？」

凱爾佇足在書架附近，那裡有一排排君士坦和友人的照片。很難不去注意到每一張照片裡的君士坦都是站在群體中央開懷大笑，人們老是看著他。「沒事。」他騙人。「我只是假裝在嘗試。」

「我要努力接近約瑟大師。」賈思珀說：「裝作我已經融入他整個可怕計畫，看看他會不會告訴我資訊。畢竟，他們所有計畫不會只是要讓艾倫死而復生，這樣還不足以掌控世界。」

「你認為他有軍隊嗎？」凱爾問：「我是說，除了犯人和學生外，是不是還有混沌獸軍隊？」

「所有人都認為他有軍隊。」賈思珀說：「但我們之前全都以為死神敵還活著，不斷創造出混沌獸。如果唯一可以再創造出混沌獸的人是埃力斯，那麼或許他的軍隊就沒那麼龐大。」

凱爾放眼周遭，看到塔瑪拉正看著斗櫃上的一張照片——他爸媽和君士坦的合照。

界。」

「看著他們覺得很有趣。」塔瑪拉說：「怎能料得到這些門徒中會有人撕裂魔法世界。」

凱爾回頭望著鏡子，他不記得自己上午梳過頭髮，而且他的上衣有一處燒肉的污點。他也不太像是威脅，卻有種不自在的感覺，認為接下來的幾星期就將明確界定他的命運。

儘管在凱爾房間開會討論，他們還是全體移動到塔瑪拉的房間去睡覺。當其他兩人都進入夢鄉時，凱爾發現自己仍盯著天花板，他的狼蜷縮在他身邊。安娜絲塔西亞說，你的靈魂，你那躁動不安的靈魂，永遠不是為了要獲得寧靜。

妳又不了解我，凱爾心想，你不認識我的靈魂。他翻過身，緊緊閉上眼睛，卻過了好久好久才入眠。

第八章

埃力斯或許期望會有重大成果，但是第二天的狀況卻比第一天還糟。凱爾花了半天的時間來翻閱君士坦的筆記，看到筆記寫得整整齊齊，凱爾不禁覺得自己的筆跡真是無藥可救。凱爾心想，如果真要得到別人的靈魂，如果能一起獲得他們高超的筆跡就好了。君士坦記下很多數字，表示實驗和數據，這顯然是和混沌相關的紀錄。他測量讓混沌獸復生的最少能量，然後再列出增加混沌強度，以及處理靈魂採取更加細緻的手法時，所獲得的進展。

讓埃力斯困擾的說話能力，就是其中一個改良。

但是心靈——就是死者缺乏的基本要素——卻始終是君士坦無法明確界定，也無法重新創造的。儘管約瑟大師堅稱他們就要有重大突破，但是凱爾在這些實驗報告中卻看不出來。

君士坦所嘗試過的其實只是，把他自己存在的靈魂推入別人的身體。這是一個令人欽佩的魔法，這救了君士坦的生命，卻無法讓死者復活。

那天晚餐時，賈思珀和塔瑪拉兩人都出現一種讓凱爾不解的作為，兩人似乎充滿著一種奇異的能量，而且塔瑪拉不斷對凱爾投以意味深重的眼神，不斷在桌上自製義大利麵前打手勢，他不知她想傳達什麼。

他想到安娜絲塔西亞說塔瑪拉喜歡他，而瑟莉亞喜歡他時，也常出現一些讓人費解難懂的行為。或許安娜絲塔西亞說得沒錯……但這還是無法說明塔瑪拉想要他做什麼。

「我今天有進展。」埃力斯佯稱。他望著約瑟大師，像是想得到讚賞。

約瑟大師只看著凱爾。「別勉強。」他說：「放輕鬆，能力就在你身上。」

凱爾盯著塔瑪拉，她開始模仿貓咪的動作。貓咪？他作出唇型，她點點頭，然後作出梳髮的動作。凱爾一頭霧水，是說屋內有隻貓，她想要他好好梳理牠？凱爾喜歡貓兒，但是小肆卻把牠們當成大餐。沒有貓咪會乖乖坐在混沌狼旁，塔瑪拉在想什麼？

除非是混沌貓……塔瑪拉發現了混沌貓嗎？

「我真的認為我們可以推進。」埃力斯繼續說：「改變既有的魔法方式。」

他瞥了塔瑪拉一眼，彷彿希望她會覺得他很了不起。凱爾不再留意塔瑪拉的動作，而是怒視埃力斯，希望給他一拳。

凱爾嫉妒了。嫉妒埃力斯，因為他是人們喜歡的那種類型的男孩。凱爾知道塔瑪拉恨埃力斯殺了艾倫，而就算沒發生這件事，她還是不會喜歡埃力斯，因為他惹她姐姐傷心。他全都知道，但還是不禁心生醋意。

不管塔瑪拉是不是真的喜歡凱爾，這都不重要，凱爾就是喜歡她。

他喜歡她，而且他要告訴她。

「那麼——」賈思珀注意到場上緊繃的沉默氣氛，指指餐櫃。「有人要吃那個巧克力蛋糕嗎？」

晚餐過後，賈思珀繼續致力他討約瑟大師歡心的計畫，他請教這位年長的魔法師能不能教他如何製造封鎖窗戶的大氣力場。埃力斯身為大氣魔法師，立刻提議當助教。

「知道嗎？你們無法利用這個資訊脫逃。」埃力斯帶著顯而易見的愉快口吻說道：「那是非常高深的魔法，而且，就算你們離得開這棟屋子，也無法離開這座島。」

「哦，不是。」賈思珀說：「我沒想要逃跑。」

約瑟大師對他露出慈愛的笑容。「當然不是，來吧。」他帶領埃力斯前往一個練習室。

他們一離開之後，塔瑪拉就抓住凱爾的手。「快來。」她低聲說道，急急把他拉出餐廳，來到客廳。她關上門，靠在門上。

「我有事要跟你說。」她說，一面環顧四周，擔心有人會潛伏在暗處偷看。她身上還是粉彩洋裝，這一件是淡黃色，裙子滾著蕾絲。

就是現在了，她準備告訴凱爾說她喜歡他了。

不，應該他先說，因為一旦她說了，他就會張口結舌，大出洋相。他會一直想說適合的話，卻反倒什麼也說不出來了。

「我喜歡妳！」他脫口而出。「我覺得妳好漂亮，我喜歡妳，我一直很喜歡妳，即使在妳還不太喜歡我的那時就開始。妳既勇敢又聰明，而且很了不起，好了，我想我現在要住嘴了。」

「屋子裡有地道。」塔瑪拉幾乎同時間說出口。

凱爾感覺腳底的地板似乎開始傾斜，她不是要跟他告白。事實上，她現在像是把他當成從未見過的新品種蟲子般瞪著他。

他的臉龐燒紅。「地道？」他麻木地重複。

「我和賈思珀偷聽到雨果和約瑟大師在談論地道，顯然物品運送是經由地道，而且他們還在那裡存有額外的補給品。他們稱地道系統為『地下墓窟』。」她的語氣不太自然，像是他剛才的話讓她驚訝萬分。

「哦。」凱爾此時才恍然大悟塔瑪拉的手勢是什麼意思。「妳比手劃腳的是『地下墓窟』[1]。」

「抱歉。」她說：「要是我們要去探索地下墓窟，現在就得出發，趁現在賈思珀拖住約瑟大師的時候。我們可以之後再好好談。」

「我準備好可以動身了。」凱爾努力表現出正常的舉止。「但是我們不用談剛才我說的事，我是說，別再提起了。」

安娜絲塔西亞弄錯了——她當然是弄錯了。塔瑪拉沒有喜歡他，她永遠也不會迷戀他。

他之所以相信，只是因為他希望這是真的。

塔瑪拉對凱爾淺淺一笑，把他推到客廳中央。房間地板鋪了一張厚厚的波斯地毯，她捲起它，露出底下一個方形的活門。她抬起頭說：「過來幫我。」

凱爾走過去跪在她身邊，左腳又一陣刺痛。他們和活門奮力纏鬥好久，想要找到把手、按壓處，任何可能打開它的機關。

最後，凱爾咬咬嘴唇。「我來試試別的辦法。」他說。

他伸出一隻手放在門上，努力回想他行使多時的混沌魔法，他伸向虛空努力找尋激烈攪動的混沌元素。他提取黑暗，感覺像是舉起了煙霧，然後讓它從手中湧現。

如墨汁般的黑暗溢灑在活門上，門在凱爾的手掌底下抽動了一下，旋即消失進入虛空，露出通往底下的階梯。

塔瑪拉吐出一口氣。「這很難嗎？」她輕聲問。

「不會。」凱爾回答。的確是這樣，運用混沌魔法一度很困難，現在卻愈來愈像是在運用其他元素，他不知道自己是不是該為此感到害怕。

唯一的問題是，他也吞噬了一塊地板，所以如果有人走上地毯，就會掉進洞裡。不過現在，心碎如他，不知自己是否有力氣去管這件事。

他告訴自己，至少他們還是朋友，至少他們永遠都會是朋友。

他們往下爬進一條兩旁都是石牆的長長黑暗地道，如佛大師一直教導他，混沌本身並不邪惡，它也一樣是元素。但是，有很多地方的喚空者一出生就被殺死，因為混沌具有太大的摧毀力量。這就是安娜絲塔西亞在君士坦出生後，帶他搬來美國的原因，就是為了救他一命。

1. 原文是 catacomb，拆解成 cat-a-comb，就是貓咪和梳子。

結果，看看發生了什麼事。

塔瑪拉在掌心點燃了一個小小的火焰，藉由它來行走地道之中。橘色光芒映照出蜿蜒轉彎的地道，以及通往的眾多石室。許多石室空無一物，有些堆放了一些顯然是用來關住元素獸的板條箱和罈罐。其中一個石室放了一堆鋼鐵鎖鍊，凱爾認得約瑟大師以前就曾用這鎖鍊來綁住艾倫。

塔瑪拉在一道門前停下腳步。「你看。」她低聲說道。

他們走進去，凱爾立刻看到她剛才注意到的東西。一面牆上掛著一道弓箭，而對面牆壁有一把尖銳的長矛。整個房間堆滿了奇怪的舊雜物——書本、相簿和男孩衣服，還有家具和運動用品。

凱爾的肚子升起一股寒意，塔瑪拉拾起一把匕首，上面標示著「ＪＭ」。

「月成・喚豐。」他說：「這些必定是月成的東西。」

「放在這裡做什麼？」她問。

凱爾皺皺眉頭。「或許是君士坦保存下來，等待日後讓弟弟復活。」

這些東西必定已存放在這裡約二十年了，現在月成的屍身已被摧毀，它們勢必會在這裡擺放更久。

凱爾不禁在想艾倫的東西呢？但是他不能說出來，這絕對會讓她猜到他正打算讓艾倫起死回生。

凱爾就算跟艾倫說他自己做的蠢事，艾倫也絕對不會笑他的。

好啦，艾倫可能沒那麼完美，他可能還是會大笑幾聲。

凱爾拋開這些思緒，他移開一堆堆的東西，到處檢視。他找到一些教科書、小說，然後還有一本沒有標示的小小皮革記事本。凱爾打開來，裡面的字跡就像是青少年男孩寫的。頁面邊緣裝飾著蜥蜴和小孩的手繪，不像君士坦的筆記只有數據和實驗。

我和小君、約瑟大師一起在做一個特別的實驗，如佛大師給了我這本記事本，要我對實驗狀況做筆記，所以我就打算這麼做了。到目前為止，身為喚空者的弟弟意味著，我得隨時跟著他。我幾乎不再被視為有自己能力的魔法師，大家只把我當成他的平衡力，沒人想知道他的靈魂拉扯我靈魂的這種感覺有多麼詭異。

凱爾顫抖地捧起筆記本給塔瑪拉看。「月成寫了日記。」他告訴她。

塔瑪拉挑挑眉毛，她正在檢視一張拍立得照片，她把照片轉過來給凱爾看。那是安娜絲塔西亞和兩名穿著白衣白褲的小男孩，安娜絲塔西亞身著花朵圖案的洋裝坐在草地上，臉上沒有笑意。塔瑪拉翻過照片，有人寫下了拍攝的年代。

凱爾嘆了一口氣，他知道最後的結果，所以他把日記塞進法蘭絨上衣口袋，稍候再好好看。

「或許這裡有他們疏忽的東西。」塔瑪拉說：「像是他們不會讓我們持有，卻為他保留的東西。」

「例如說，龍捲風電話？」凱爾說，心中想著如佛大師書桌上的那一具電話，他在前往教誨院就讀的第一年曾用它來和爸爸聯絡。

「想得美。」塔瑪拉說。

他們找了又找，卻找不到任何可能有用的東西。唯一稍稍有趣的是一堆舊書，上面記載世界各地的喚空者以及他們不怎麼可靠的成就。有些喚空者被稱為「靈魂鐮刀」、「頭巾紅隼」、「噬人者」、「巨胃肚」、「血肉塑形者」、「盧森堡禍害」和「面孔收割者」——這絕對啟發了君士坦自稱「死神敵」。有些宣稱發現了永生的秘密，還有一些可怕的事蹟，但顯然這些書並未真的透露出秘密。最後，塔瑪拉坐在附近一張椅子上。

「我們可能應該回去了，免得有人發現我們不見了。」她說。

凱爾點點頭，突然意識到現在只有他們兩人獨處，而他才剛對她表白心意。沒有賈思珀在旁邊說些刻薄的看法，也沒有約瑟大師或埃力斯令人發毛的凝視。只有他和塔瑪拉。

「聽著，塔瑪拉。」他說：「我剛才說的一切都是蠢事，妳喜歡的可能是艾倫；妳甚至可能無意救我，而是想救他；妳可能非常悔恨。」

塔瑪拉伸出手來握住凱爾的手，感覺到她肌膚傳來的暖意，他這才發現自己身體變得好冷。「那天晚上我醒來，遺憾我沒有救到艾倫。但是，凱爾——我並不遺憾我救了你。」

他幾乎不敢呼吸。「妳不遺憾？」

她靠過來，兩人的臉非常非常接近，他可以見到她小小的法蒂瑪項鍊在她喉嚨部位閃動光芒。「我以為你知道我的感覺。」

「妳的感覺？」凱爾在想自己是不是注定要重複她說的話。現在，她焦急地緊緊握住他的雙手，又大又黑的眼睛深深看著他。

「凱爾。」塔瑪拉說，然後他就親了她。他後來也不明白自己怎麼會這麼做，又是怎麼認為這是好主意。他不知道是什麼直覺告訴他，他不會被甩巴掌，也不會更糟地被告知他真的是很好的朋友，只是塔瑪拉對他沒有那樣的感覺。

這些事都沒有發生，塔瑪拉微微發出聲音，接著移動身子調整到較好的姿勢；原本是凱爾緊張地用嘴唇壓著塔瑪拉的雙唇，現在卻變得不太一樣，變成他覺得自己的心臟就要在胸口爆開的事。她的雙手輕輕捧住他的臉，這個吻變得又深又長，凱爾的耳朵隆隆作響。

最後，他們終於分開了。塔瑪拉羞紅了臉蛋，但是神情愉悅。凱爾也覺得好快樂，這是艾倫死後，他第一次覺得快樂。

他幾乎忘了快樂是怎樣的感覺。

凱爾心想，**我剛才嘗到了初吻，卻是在死神敵的基地，在一個充滿他死去弟弟的東西，以及我人生故事的房間裡。**

不過，他並不在乎。就這個時刻，他什麼也不在乎。

「走吧。」塔瑪拉說，她的臉頰已褪成粉紅色。「趁還沒有人去到客廳，發現我們打開了活門。」

凱爾不贊成，他認為他們應該留下來，再多親幾回。這真是受人低估的發明，至少他自己對它原本評價不高，直到現在。

塔瑪拉讓他牽著她的手，凱爾意亂情迷緊握住她的手，跟著她走出門口，穿過地下墓窟走回去。他們每一次轉彎，她就捏捏他的手指，傳送著流竄他整隻手臂的小小電流。

來到往上通往客廳的階梯時，他們只好分開。塔瑪拉先爬，凱爾跟在後頭。他們開始清理客廳，恢復成他們進來之前的模樣，稍稍轉移了對這件事的注意力。他們找到一些板子蓋住洞口，這些板子看起來足以支撐一個人的體重。

他們躡手躡腳離開客廳，然後爬上樓梯。凱爾正想問塔瑪拉要不要再跟他牽手時，賈思珀突然從陰影底下現身，矗立在他們面前。「你們到哪裡去了？」他質問。

凱爾怒目以對，賈思珀老是不斷敘述愛情故事——讓人以為他會注意到自己成了電燈泡。但另一方面，賈思珀對自己眾多惡劣的個人缺點也毫無知覺。

「就跟我們之前計畫的一樣，我們探查了地下墓窟。」塔瑪拉朝他們來的方向點點頭。此時，凱爾想起賈思珀和塔瑪拉今天整天都在一起，擬定計畫。

儘管他才剛吻過她，妒火還是熊熊燃起。畢竟，賈思珀是塔瑪拉的老朋友，而且他不知怎地讓上一個喜歡凱爾的女生，變得比較喜歡他。

這個想法就好像冷水澆在他身上，他倏然了解到，（一）親吻造成至少持續十分鐘的愚蠢糊塗；（二）現在這個狀態結束了，他不知道親吻塔瑪拉代表什麼意義；而且（三）他不知道現在該怎麼辦。

突然間，凱爾湧現一股想要抓住賈思珀衣領，強迫他吐露他所有浪漫秘密的衝動。凱爾先前對這些事嗤之以鼻，現在他已準備好要毫不懷疑地仔細聆聽。

「嗯，我已經盡可能拖延時間了，但你們最好快點回到我們的房間，免得約瑟大師發現你們不見了。」賈思珀說，然後他的不快消失了。「你們有什麼發現？」

塔瑪拉點點頭，他們開始走向粉紅房間，凱爾尾隨在後。睡在同一個房間讓他感覺好詭異。他回想起在阿勒斯泰舊車穀倉的小床上，他睡在她的隔壁。那樣也有點奇怪，卻完全比不上現在要同睡一個房間。

塔瑪拉美麗、勇敢，令人讚嘆，他以為她注定要跟艾倫這樣的英雄人物交往，不然就是自暴自棄和賈思珀這樣的蠢蛋貴族來往。經過他以為她喜歡他，然後又確定她不喜歡他之後，現在知道她終究是喜歡他的，還是讓他頭暈目眩。

他心中想著蠢蛋貴族，就斜眼看了賈思珀一下，然後便躺到地板上的床墊。塔瑪拉進了浴室，出來時換上了肩膀部位有褶邊的紫色睡衣。

光是看到她，就讓他產生一種新的恐慌，胸口不禁疼了起來。要是他對自己有什麼了解，那就是他可能會搞砸任何好事。

「你們發現了什麼？」賈思珀問。

「月成的日記。」凱爾說：「我還沒有看，但或許裡面會有線索。」他停頓了一下，了解到他希望能在日記裡找到的東西，並不是其他兩人感興趣的事。「我是說，關於取得萬能手套，或是離開這座島和不見蹤跡的軍隊。」

「我們應該再回去看看，有沒有遺漏的東西。」塔瑪拉說。

這是再來更多親吻的邀請嗎？凱爾不知道，他看向她，她卻望著天花板。

賈思珀點點頭。「我一直緊緊跟著約瑟大師，但目前為止，我唯一發現的是他的辣椒肉醬食譜，魔法力場的課程倒不怎麼有知識性。」

凱爾懶得換衣服睡覺，他在床墊上伸展身體，滿腦子都是那個吻，以及隨之而來的困惑。

「凱爾，晚安。」塔瑪拉說道，展露像是蘊涵眾多秘密的微笑。

賈思珀對他露出怪異的表情，凱爾決定明天他會要求賈思珀說明他對女孩子所了解的一切。凱爾只希望現在還來得及。

就這麼一次，他的夢不再充滿混沌。

第九章

塔瑪拉、賈思珀和凱爾隔天清晨醒來之後，兩個男孩就回到各自的房間沐浴更衣準備吃早餐。凱爾離開前向塔瑪拉揮揮手，但她似乎沒注意到。

凱爾迅速沖完澡，拉開衣櫃挑選今天的穿著。他厭惡地抽出一件君士坦的舊衣——又是法蘭絨襯衫的一天。他真希望有自己的衣服可以穿。

當他套回牛仔外套，月成的日記從內袋跌了出來。凱爾拾起來，慢慢翻動頁面。這本日記屬於君士坦的弟弟，是他寫的。凱爾從未把月成當成一個個體，根本從未想過他。甚至當他在死神敵墓室，站在保存完好的月成屍身前面時，他想的都只是君士坦在弟弟死亡時必定有怎樣的感覺。

但是現在，他檢視月成的日記，這給了他君士坦筆記所無法提供的深入視角。

房門傳來敲門聲，凱爾才剛來得及把日記塞回口袋，賈思珀就探頭進來。

「雨果過來了。」他沒等凱爾允許，就逕自走進房間。「他說我和塔瑪拉等上午課程結束，下午就可以自由活動。他要跟約瑟大師去個地方，我要跟他們去。」他瞇眼看著凱爾。「你有在聽嗎？」

「我想知道你對女孩子所了解到的每一件事。」凱爾說。

「我就知道你終究會屈服在我高超的戀愛知識之下。」賈思珀顯然得意揚揚。

「你怎麼讓女孩子知道你喜歡她？」凱爾問：「而且如果你親吻女生，是不是就意味你們在交往？」

賈思珀往後靠著牆壁，手支著下巴。「兄弟，這看情況。」他像是戴著單片眼鏡一般瞇著眼睛。「你跟那淑女熟嗎？」

「很熟。」凱爾說，努力壓抑告訴賈思珀他看起來像花生先生的衝動。

賈思珀皺著眉頭。「真詭異，你現在居然會問我這件事。」他說：「在我們困在這不知名的地方，而附近沒有任何女孩子，只除了……塔瑪拉。」他出現恍然大悟的驚訝神情。「你和塔瑪拉？」

凱爾怒髮衝冠。「這麼不可能嗎？」

「是呀。」賈思珀說：「塔瑪拉是你的朋友，她不是——她對你沒有那樣的感覺。」

「因為我是死神敵？」凱爾回嘴：「因為我內在壞透了，所以配不上她？謝謝你，賈思珀，真是多謝了。」

賈思珀看著他，久久不發一語。「你知道我和瑟莉亞為什麼分手？」他終於開口說道。

「她厭煩了你的臉？」

「我說，我要去監獄裡探望你，她說我不可以去。她說如果你是死神敵，你就是殺人兇手，她說我必須在你跟她之間作出選擇。」

凱爾眨眨眼，即使是現在，還是有一部分的他因為瑟莉亞的話而難過，一個遙遠深處的痛楚。而其餘部分卻因為賈思珀而大感震驚。「你替我說話？」

賈思珀像是後悔吐露了剛才的事。「我不喜歡被人指使應該怎麼想。」

凱爾不想對賈思珀心生感激，但是一種壓倒他的感激情緒就是出現了。「謝謝你。」他說。

賈思珀揮揮手要他別再說了。「是，是，但我要說的重點是，我說塔瑪拉對你沒有那樣的感覺，並不是說我認為你是壞人。我只是認為塔瑪拉——呃，凱爾，我只是認為她喜歡的是別人，如果你懂我的意思的話。」

艾倫，他說的是艾倫。

凱爾想要反駁他，說安娜絲塔西亞認為塔瑪拉喜歡他，但他可以想見賈思珀的回應，他會說安娜絲塔西亞根本不知道自己在說什麼，而且看起來也絕對不像是愛情專家。塔瑪拉那天早上還沒正眼看過凱爾，自從那個吻之後，也沒怎麼跟他說話。況且她也沒表明她對他的感覺，只說她以為他知道。

賈思珀一副若有所思的模樣。「如果她和你長吻，可能是因為她不想孤單地死去，而且也太尊重瑟莉亞，沒辦法對我投懷送抱。」

凱爾想說，才不是這樣，但他只是說：「不過，我還是可以問她要不要當我的女朋友，對吧？」畢竟，就算那個吻是個錯誤，或許，她還是有可能想再重複幾次。

「除非你想自討沒趣。」賈思珀說：「但是，嘿！天下何處無芳草，每個瓶子都會找到蓋子，即使是你。」

凱爾真想往賈思珀臉上一拳，這真是令人困惑的感覺，因為賈思珀為了他才和女友分手仍讓他心存感激。

凱爾滿心不願地了解到，賈思珀的建議不會抒解他胃裡的怪異感，事實上，還讓情況更嚴重。

*

接下來這幾天都在混沌理論中模模糊糊飛快度過，約瑟大師上午教導凱爾和埃力斯，然後就放他們兩人做整個下午的實驗，而他去教塔瑪拉、賈思珀和其他學生。

凱爾必須承認，約瑟大師是個激勵人心的老師。他要他們多嘗試，試驗新的想法，而且不特別在意風險。凱爾學會許多混沌的知識，學會用手掌握，再重新塑形。他學會從虛空中帶來混沌生物，讓牠們跟著他一整天，這些黑暗的形影在他的腳邊穿梭攪動，惹得小肆膽戰心驚。他學會探看虛空本身，那是一個充滿暗影的地方，而他看得愈久，就愈是覺得黑影突然像是它的相反物，成了繽紛的色彩不斷在凱爾眼中打轉。

晚上，他們一起用餐。有時約瑟大師會親自下廚，其他時候他會訂餐，再派手下取餐。那天晚上他們吃著搭配許多配菜的美味炸雞，凱爾若有所思地啃著骨頭，高超的烹飪藝術絕對和邪惡站在同一邊。

「明天，我整天不在。」約瑟大師說：「所以我要凱爾和埃力斯你們兩人專心做實驗，而賈思珀和塔瑪拉，我會給你們一些練習。」

塔瑪拉在桌子另一頭和凱爾四目相接，但是他再也無法判讀她的表情。她的意思可能是：太好了，約瑟大師要出門，那麼我們應該好好搜查一下屋子；但是他希望她的意思是：太好了，他要出門去，那麼我們可以溜出去享受兩人時光。

自從上次待在月成的房間過後，他們就再也不曾接吻，而凱爾開始覺得快要抓狂。她喜歡別人，賈思珀曾經這麼說：如果她和你長吻，可能是因為她不想孤單地死去。這些話始終縈繞凱爾心頭。

當他們的脫逃計畫和生命都陷入危險之中時，他是不是真的需要別再想塔瑪拉的事？可能吧。

賈思珀在桌子對面擠眉弄眼，作出唇型。他無聲說道：晚餐後到我房間。

埃力斯懶洋洋看著他們，凱爾始終無法判定埃力斯有多注意他們的一舉一動。他似乎有自己要忙的事，這包括關在自己的房間——那是在屋子的另一翼——爆破沉重的金屬和蒐集印有骷髏頭的設計師運動衫。

晚餐過後，凱爾和塔瑪拉聚集在賈思珀的房間。各式各樣的馬兒玩具和填充玩偶大多已被塞到床底下，房間顯得怪異的空曠。

「賈思珀，怎麼了？」塔瑪拉兩手放在腰後問道。她穿著粉藍色洋裝，頭髮披在肩上。

「明天下午，我們必須離開至少幾小時。」賈思珀說：「我們需要分散埃力斯，可能還有雨果的注意力。」

「為什麼？」凱爾問。

「因為我們得去查看一個地方。」賈思珀說：「約瑟大師乘著元素獸不斷進進出出，卻不在房子附近降落。前幾天晚上，我見到一隻元素獸準備降落，就跟蹤牠，看看牠在哪裡落地。」

「真的嗎？」塔瑪拉難以置信地問。「你為什麼沒找我們一起去？」

「孤獨的狼總是隻身狩獵。」賈思珀說：「況且，事出突然，我沒時間去找你們。總之，我沒發現那隻元素獸，卻發現了別的東西。」

「什麼東西？」凱爾問。

但是賈思珀只是神情焦慮不安地搖搖頭。「你們得親自去看，我不想在這裡討論。」

不管他們怎麼逼問，他就是不肯多說。他要他們答應隔天晚餐之前，一定要放下手中的事，到他們帶小肆散步的小徑上跟他碰面。

「我們應該帶著小肆一起去。」凱爾說：「萬一有人問起我們在外頭做什麼，就可以拿牠作掩護的藉口。」

塔瑪拉皺皺眉頭。「你認為你有辦法從埃力斯身邊脫身？」

凱爾點點頭。「沒問題。」他說。但事實上，他倒是不認為沒問題。

「好了，我要上床睡覺了。」塔瑪拉說：「我累死了。」

她走向房門，然後又停下腳步，接著轉身過來親吻了凱爾的唇。「晚安。」她有點害羞地說，幾乎是一溜煙地離開房間。

賈思珀目瞪口呆，「我的天。」他在塔瑪拉關門離開後說道。凱爾什麼話也說不出口，他自己也驚呆了。

凱爾清清喉嚨，每一處神經末梢像是全暴露出來。「現在，你知道為什麼我需要忠告了吧！」

賈思珀自顧自地咯咯笑。「你有麻煩了。」他說：「孩子，我真替你感到難過。」

「滾出去，賈思珀。」凱爾氣惱地說：「你根本是在幫倒忙。」

「這是我的房間。」賈思珀指出。凱爾不得不承認他說得沒錯，只好走回自己的房間。他躺在床上幾乎徹夜無法成眠，時而夢見艾倫再度死在他的腳邊，時而夢到艾倫還活著，然後和塔瑪拉一起從凱爾身邊走開，再也沒回來。

＊

結果，真是太巧了，隔天天剛亮就烏雲密布，整個上午都像要下起大雨。

埃力斯顯然心情很不好，凱爾不禁蹙緊眉頭望著他。兩人試著想出除了變成混沌獸或自爆外，各種讓白鼬復生的新想法，但總是不成功。

凱爾發現一個擺脫埃力斯的機會，只要他運用惹人厭的超級能力，埃力斯可能會怒沖沖自行離去。

凱爾首先採行的是，在翻閱約瑟大師留給他們的鍊金術書籍時，自得其樂哼著走音的曲調，埃力斯果然怒眼相向。

接著，凱爾又拿起少數未被收進地下室的喚空者歷史書《馬斯垂克的文森》，開始大聲朗讀。「文森保存其實驗用屍體的方式鮮為人知，但據信——」

「我們要不要回到正事？」埃力斯打斷他。

凱爾裝作沒聽見，直到埃力斯過來抽走書，他才若無其事地抬起頭。「怎麼了？」

「我說——」埃力斯顯然竭力使出他最凶狠的大魔王目光瞪著凱爾。「我們最好開始做正事了。」

凱爾誇張地打了呵欠。「我是在做正事呀，我在思考重大想法。畢竟，我可是君士坦・喚豐。如果真有人可以想出辦法讓死者復生，那就是我。」

「你？」埃力斯上鉤了，他以輕蔑的語氣說：「你只是會做些無聊的玩意，我們可以創造更多混沌獸，可以嘗試讓人起死回生，而不是用白鼬。我們甚至可以試著塑造血肉，創造出完全出自混沌的東西。君士坦・喚豐才不會整日閒坐，無所事事。現在這樣真是太廢了，而你也是。」

「你去吃臭襪子啦！」凱爾對他說。口出惡言後，他有些異樣的感覺。「你才不知道君士坦會做什麼。」

「我知道他應該做什麼。」埃力斯說，接著就轉身背對凱爾，大步離開。

這像是凱爾該警惕的不祥預兆，但他沒時間煩惱這件事，他必須和賈思珀、塔瑪拉會合。他已經設法得到下午的自由時間，但不是很清楚這會讓他付出什麼代價。

＊

塔瑪拉和賈思珀正在等他，兩人從庭院眺望河水。發現他走過來，他們突然中止話題，讓凱爾有種他們剛才是在討論他的不自在感。他敢說，賈思珀對塔瑪拉親吻自己可有得說了……其中一定都沒好話。

「你確定埃力斯沒跟蹤你吧？」賈思珀在小肆開心地奔向凱爾，把爪子搭在凱爾胸口時問。

凱爾緊張地回頭看。「我想應該沒有。」

「走吧。」塔瑪拉說：「趁別人還沒發現。」

賈思珀在他們穿過樹林時，頻頻神經質地回頭看。他緊張到當小肆懶洋洋追咬著蝴蝶時，也嚇了一大跳。

「在這裡。」他說，帶他們穿過一處矮林。

另一頭看來是採石場的舊址，它從岩石間挖鑿出來，水從底下湧出，彷彿有人想要設法鑽過小島底部，讓海水從底下升起。

「他們在採什麼石頭？」塔瑪拉問。然後，她瞇眼細看，回答了自己的問題。「像是花崗岩。」

「那旁邊有一條路可以下去。」賈思珀指向一處往下的斜坡。那條路大到可以讓車子通行，卻陡到凱爾害怕自己會跌倒，然後一路滾到最下面。他抓住旁邊的樹枝支撐自己。

「我們真的得下去嗎？」凱爾問：「你不能直接告訴我們就好？」

賈思珀陰沉地搖搖頭。「不能，你們得親眼看見。」

他們花了一些時間才走到水邊。塔瑪拉牽著凱爾的手，一路帶著他走，這樣很好，卻也有點尷尬。反正她知道他的腿的狀況，也親過他了，所以一定不以為意。但是，他倒是不怎麼確定自己是不是也不在意。

當然，他也不是很確定那個吻到底代表什麼。賈思珀是那麼肯定她不喜歡他，安娜絲塔西亞卻又那麼肯定她喜歡他。然後，她又在賈思珀面前親吻他，所以這必定有什麼意義。

他必須說些什麼，因為不知接下來什麼時候，他們才會又有機會獨處。

「呃……」他說。他的說話技術真是太高超了。

塔瑪拉看向他，顯然等著他說下去。

他努力回憶賈思珀所說的討女孩子歡心的訣竅，卻只想起他不應該眨眼睛，而且因為塔瑪拉走在他旁邊，他甚至不知道她是否會看到。

「我們是在約會嗎？」他終於脫口而出。她沒有立刻回答，他又接著說：「我是妳的男朋友嗎？」

然後，他了解到自己手心發汗，他一定要抽回他的手。當沉默繼續延長時，他開始想著直接滾到底下或許不算太糟，至少這代表話題可以自動轉變。

「你想當我的男朋友嗎？」塔瑪拉終於開口問道，透過她又長又黑的眼睫毛側眼看他。

至少，這不會是他第一次在她面前出洋相。「想。」他說。

「好。」她說，對他露出燦爛的微笑。「我就當你的女朋友。」

從她的回答中，他聽到自己應該是說了：**妳要當我的女朋友嗎？**但是她似乎沒有生氣的意思，而且還捏捏他的手，讓他剎那間覺得，即使是他，好事還是可能發生的。

你錯了！他想對賈思珀大喊：她終究是喜歡我的！不是艾倫，是我！

路到了盡頭，延伸來到一片沙灘，水輕輕拍打著凹凸不平的花崗岩碎片。景色美麗——或者說原本應該是，凱爾心想，直到他見到水面下的東西。

乍見之下，那像是岩石，像是採石場底下的淺淺底部，只是其間存留著漆黑的深處。不對，他看到的是頭部，以及如浮萍般在水流中蕩漾的髮絲。數百個——不，數千個——人形混沌獸的身體，全都一排排整齊站著，等候召喚加入戰鬥。

凱爾停下腳步，拉著塔瑪拉停在他身旁。他們放開牽著的手，瞠目凝視。賈思珀已經走到水邊，往下指。

風吹動凱爾的頭髮，拂上他的臉，他伸手撥開，無法轉移目光。

「好多。」塔瑪拉輕語。「怎麼——這麼多，不會是埃力斯創造的。」

「不是。」賈思珀還是盯著水面。「現在你們知道我要你們親眼目睹的原因了吧。」

「是君士坦。」凱爾說：「我知道。」他無法解釋自己怎麼知道的，他沒有君士坦人生的記憶。但是他一直在看月成的日記，知道他是怎麼提到他哥哥，而且他也有自己的感覺。他**就是知道**。

「我們一直以為，混沌獸只有我們見到的那一些。」塔瑪拉語中透著憂慮。「但是這裡有更多更多。」

「每個人都說大部分的混沌獸都毀於魔法大戰中。」賈思珀說。

「我知道參戰的混沌獸大多被殲滅了。」凱爾說：「但是這裡還保存了更多，君士坦很小心，他想要創造一個大到足以進軍壓境教誨院、魔法公會、聯合院等一切的大規模軍隊。」

「我們必須摧毀牠們。」塔瑪拉的語氣變得強硬。「如果我們都施展火魔法——但是，不，我們無法在水中燒掉牠們。或許我們可以製造炸彈。」

凱爾對塔瑪拉湧現一股愛意，她的想法遠大。

「或是凱爾可以命令牠們自我毀滅。」賈思珀說。

「如果牠們真的是我——君士坦的。」凱爾突然懷疑起來。他走向水邊，混沌獸還是靜止不動，看起來像是在採石場水底生長的樹木。彷彿採石場大水過後，牠們就一直待在那裡，而且從未移動——就像水庫興建後，就沉沒水中的城鎮。

凱爾舉起手，掌心朝外。「混沌獸聽令！」他大喊：「起身！來到你們的創造者面前！」

一片沉寂，只有風繼續吹著。凱爾開始認為自己錯了的時候，水面出現了漣漪，水色變暗。牠們動了，混沌獸在水面下移動。一顆頭顱突然出現在賈思珀腳邊的水面上，惹得他驚聲大叫。那是個男性，臉龐都是水，兩眼圓睜無神，轉向凱爾。

塔瑪拉抓住凱爾的手臂。「不是現在。」她說：「快要牠們回到水中。」

凱爾盯著面前的混沌獸。「你們收到什麼指令？」他問。

混沌獸回答時，凱爾知道塔瑪拉和賈思珀只會聽見無意義的呻吟和咕噥。但是他聽得見語句，那是他和死者共享而沒有人會說的語言。「復甦。」混沌獸說：「毀滅。」

「凱爾。」塔瑪拉叫喚。

他轉向她。「牠們很危險。」

「我知道。」她說：「現在要牠們回到水底。」

「時間未到。」凱爾對牠們說：「重回水底等候。」眾多混沌獸彷彿一體，再度消失在水面下。凱爾心臟狂跳，他可以命令牠們互相毀滅，如果他打開通道，甚至可以把牠們全部送回虛空。但是，擁有牠們，他可以摧毀約瑟大師的屋子，把它變成斷垣殘壁；他可以同時擊敗約瑟大師和埃力斯。或許，塔瑪拉心中也正是這麼想的。

只有一個問題：艾倫。

「我們必須發出警訊。」賈思珀說：「我們必須離開。」

「你可以指揮這裡所有的混沌獸嗎？」塔瑪拉問。

凱爾點點頭，心中卻覺得反胃。

「好。」她說。在返回屋子的途中，她擬訂了計畫。「我們今晚離開，帶走約瑟大師的軍隊。凱爾！這就是你洗雪名聲的方法，如果你替聯合院送上勝利，就沒有人能質疑你。」

剎那間，凱爾深陷在想像自己英勇地站在混沌軍團面前，命令這支軍隊臣服聯合院。或許這樣，他們就真的會要他回去，或許他真的就會受到寬恕。

但要是他們今晚離開，就會拋下艾倫。

而儘管凱爾已經學了很多混沌魔法，以及許多用混沌元素填充靈魂的知識，他還是想不通怎麼讓艾倫復活。而一旦他們逃離這座小島，就不可能讓艾倫復生了。

除非，凱爾今晚就採取行動。

*

從塔瑪拉和賈思珀身邊溜走，比從埃力斯身邊溜開容易多了。凱爾只需要說，他再不走可就有大麻煩了，塔瑪拉和賈思珀就不會再追問。

凱爾一獨處後，就拿出月成的日記，走到客廳細讀。之前，為了找尋實驗內容和秘密，他曾翻閱過日記，而現在他更加迫切地專心閱讀。如果月成知道任何可能讓艾倫起死回生的線索，凱爾就得找出來。他一頁一頁查看，恐懼感逐漸充盈心中。然後，凱爾看到一則讓他全身血液發冷的記事：

我沒有可以傾吐內心感覺的對象，而日子一天一天過去，我愈來愈疲倦，愈來愈害怕未來。剛開始成為君士坦的平衡力時，似乎是莫大的榮耀，我能夠保護哥哥的安全。但是，我們兩人都不是真的了解平衡力能做什麼。

但是後來，君士坦學會在不損及自身靈魂的情況下，不斷汲取我的靈魂。我一再又一再，被他耗損到幾乎瀕死的地步。他只還給我一些我自身的力量，這僅僅讓我勉強保持意識，卻遠不足以讓我施展自身的任何魔法。我害怕在他注意到之前，我的靈魂就已全被消耗殆盡。他不總是這個樣子，但這一年來，他的改變大到我覺得像是再也不認識他。我好害怕，也找不到相信我的人，他們全都臣服在君士坦的魅力之下。

凱爾再翻看了幾頁。

我痛恨替君士坦的實驗準備動物等等一切，而為他帶來醫院的人類屍體感覺更是糟糕。

凱爾勉強自己翻動日記，這就像在看恐怖小說，只是更加可怕。一本關於自己的恐怖小說。

我不是君士坦，他對自己說。但現在這種想法卻愈來愈難堅定了。安娜絲塔西亞認為他是君士坦，約瑟大師也是。唯一真的不這麼想的人是塔瑪拉，她相信他是凱爾，是一個獨立自主的人。艾倫以前也相信他，結果看看他的下場是什麼……

可怕的事情發生了，我太累了，沒法替君士坦到墓地帶回屍體，所以他召喚了大氣元素獸，載我們到醫院。我們降落在直升機停機坪，他對此暢快大笑。他協助我下樓，就這麼一瞬間，他好像又回到我所記得的哥哥，那個會照顧我的哥哥。我問他為什麼帶我一起來，他說他只是希望我們兩人能一起好好享受一下時光。

我們直接經過太平間，穿過走廊進入加護病房。他使用大氣魔法讓護理師看不到我們的存在。這種感覺真是令人毛骨悚然，我們置身在病人之間，他們卻不知道我們在場。

我們進入一個老婦人的病房，她閉著眼睛躺在病床上，喉嚨插著管子。小君的眼睛頓時亮了起來，我弄懂他想做什麼了，但是已經太遲了。「小君，她還沒死。」

「不過，或許這正是關鍵。」他說：「她就快死了，或許需要趁還有生氣時，注入混沌。」

「你不能碰她。」我說：「她還活著。」

我不斷重複這句話，他卻把我推開，對她伸出手。他的手指湧現黑暗混沌，我見到老婦人的身體顫抖震動。

我感覺到胸口像被掐住了，我用力喘息，跪倒在地。此時，老婦人剛好睜開眼睛，眼神空洞，卻跟混沌獸的眼睛一樣旋轉著色彩。她的眼睛盯著我看，而我不知怎地認為她認識我。月成，她的眼睛訴說著：月成。

我了解到，君士坦仰賴我的不是我的能量，他利用的是我的靈魂碎片。他把它們當成電池一般，把我的靈魂推進混沌獸，推進這名婦人體內，有如施予電擊令她重獲生機。

我沒見到婦人死去，只聽見小君惱火地大叫說她死了。又一個失敗的實驗。而我所能做的只是，思索經過哥哥的一番撕扯，我現在還留下多少靈魂。

凱爾放下日記，呼吸濁重，他開始頭暈目眩。日記上的文字像是一巴掌打在他臉上。他認識的君士坦・喚豐是死神敵，是造成他媽媽死亡的人，是聯合院因為害怕重啟戰事，而寧可與其簽下休戰協定的人。但是，眼前的這件事卻給人截然不同的恐怖感。這是私人的──是他對親弟弟的所作所為，他撕裂了弟弟的靈魂。君士坦的行為不是為了拯救他所愛的人，他不是孤注一擲才害死了那婦人，他只是當成實驗，只是因為他好奇，而且殘忍。

君士坦・喚豐不是因為悲痛，才驅使他作出可怕的抉擇。早在弟弟死之前，他就已經作出可怕的選擇了。

或許一開始是約瑟大師把他推入這個領域，但顯然對於邪惡，他是如魚得水。

凱爾放下日記，走到窗邊，看著午後的陽光灑落在草地上。他擔心自己就要吐出來，感覺暴風雨像在他腦海裡翻騰。

過了一會兒，他感覺穩定多了。而再過了幾分鐘，他突然有了一個新想法。多年來，凱爾一直害怕自己太愛冷嘲熱諷、太自私、太樂意走捷徑。他想像自己因為不把垃圾拿出去丟，又吃掉最後一片披薩，最後到領導混沌軍團，而直線增加了太多大魔王的積分。

但是凱爾知道，他永遠不會作出君士坦對月成做的事——永遠不會竊取所愛的人的靈魂。他知道他永遠也不會平白無故殺人，如果這就是邪惡，那他絕對不會誤闖這條路。

或許他應該不要再擔憂自己會變成君士坦，而應該開始擔心埃力斯。埃力斯渴望力量，也不害怕為此殺人。埃力斯可能會願意作出君士坦所做過的每一件事，甚至是更多更多。

塔瑪拉和賈思珀說得對，他們必須逃離這裡，必須盡速行動，趁埃力斯還沒習慣他的力量有何能耐，趁約瑟大師還對凱爾保有信念，還不會拿萬能手套對付他之前。

但是，儘管罪大惡極，君士坦有一件事的想法始終是對的。死亡並不公平，艾倫不應該死，要是凱爾能夠讓他復生，讓他重新獲得生機，而不是成為混沌獸的話，那麼在君士坦的恐怖實驗和可怕戰爭中，終究會出現一件好事。

不過，要做到這件事，他就得破解生命密碼。待在這裡的這段時間，凱爾聽過也讀過許許多多君士坦嘗試過的實驗。有什麼是他沒想到的？

一定還有什麼東西，還有線索。

凱爾想到他看到的日記，月成見到自己反映在老婦人的臉上——彷彿她因為得到他的靈魂碎片而獲得生氣。

那裡似乎有著什麼，似乎有著什麼牽動了凱爾的思緒。

當凱爾還是小寶寶的時候，君士坦必定也做了非常類似的行為——把他整個靈魂推進凱爾倫姆・亨特的身體。為什麼這樣做會產生作用？

凱爾眉頭深鎖，專心思考。

然後，突然間，他有了一個想法。是一個真實的想法，而不是他和埃力斯在進行他們毫無成果的實驗中，所出現的那種在黑暗中摸索，或許會成功的想法。

凱爾把日記塞回法蘭絨襯衫口袋，走到保存艾倫屍身的實驗室，然後做了一件他竭力避開的事——他走向放著艾倫的桌子，拉開覆住他臉上的布。

「我希望你會原諒我。」凱爾說。

如果他沒弄錯，那一切都會順利。他們可以一起逃回教誨院，凱爾甚至用不著入獄，因為兇殺案沒了死者，不可能關起兇手。他們可以憑藉約瑟大師的混沌軍團，凱旋重返。但是如果塔瑪拉願意當凱爾的女朋友，只是像賈思珀說的她深陷悲傷之類的，嗯，或許她還是有可能會喜歡他，或許他可以說服她。

只要艾倫沒事，他確信她就會原諒他所採取的方法。

實驗室充滿暗影，艾倫在檯面上直挺挺躺著，膚色蒼白，面目呆滯。他看起來像艾倫，卻又不像艾倫。不管賦予艾倫個性和力量的是什麼，現在都已經消逝。

是他的靈魂，凱爾告訴自己。**決定了本質**。去教誨院唸書以前，他並不相信有靈魂，但如佛大師教過他怎麼去看艾倫的靈魂。

他把雙手放在艾倫的胸前，他之前在埃力斯在場的情況下，碰觸過他。但現在感覺卻很奇怪，就好像他在跟艾倫說再見。

但他不是在說再見，事實上，完全相反。他強迫自己的心靈從其想要探究的黑暗道路上返回，這樣的道路提醒他是單獨和一具屍體待在房間。他所看過的每一部恐怖電影競相驚嚇著他。**這是艾倫**，他提醒自己，**是他所見過最不可怕的人**。

君士坦利用他弟弟的靈魂，把弟弟的靈魂撕裂成碎片，來激發他的實驗。但是他沒做過凱爾即將做的事——他沒用過**自己的**靈魂碎片。

凱爾讓雙手繼續放在艾倫的胸口，再深深探向自己的內在。他努力回憶起當時看到艾倫靈魂的情景，他思索讓他成為自身的東西——他最早的記憶：阿勒斯泰的臉、家鄉的街道、人行道在他腳下咯咯作響。教誨院的柵門，他腕帶上的石頭、塔瑪拉看著他的模樣；艾倫的魔法扯動他時，他胸口的感覺，還有成為平衡力是什麼情景，以及鉞黑的混沌……

他的手指散發出煙霧狀的黑暗，它如墨汁般灑落在艾倫的胸膛，然後環繞著他的身體。

凱爾倒抽了一口氣，能量感覺像是從他身上透過他的雙手傾瀉而出，使得他的身體顫動不已。他可以感覺到自己的靈魂，正緊緊壓迫著胸腔內側。

他環繞靈魂，收攏心靈上的手指，再往下壓。彷彿一道火花從他身上迸現，通過他的血管進入艾倫。艾倫的身體猝然一顫，雙手抽搐，雙腳捶打著金屬檯面。

凱爾汗水淋漓，身體顫抖。火花進入艾倫；他感覺得到。他甚至可以看見它；艾倫開始從內在發光，有如一盞燈在他體內點亮。他張開嘴巴，緩緩地深深吸了一口氣。

恐懼攫住了凱爾，他想到他之前曾經把混沌推進另一個身體，想到珍妮佛張開眼睛，卻不停旋轉著混沌的情景。

「拜託。」他對艾倫說：「是你，一定是你，拜託。」

如果艾倫以混沌獸的形態復生，凱爾永遠也不會原諒自己。**我真不該這麼做**，他心想。這太自以為是了；這太冒險了。看過日記後，他確信自己不像君士坦。或許他的確不像，因為就連君士坦也沒有真正拿月成進行實驗，就連君士坦也都比他理智。

艾倫的胸膛開始起伏，彷彿在睡覺一般，而他還是沒有張開眼睛。

「艾倫。」凱爾低聲說道：「艾倫，拜託，是你。」

然後艾倫移動了，手無端揮動，身體翻滾到了側邊，撐著自己坐起來，然後打了一個哆嗦，睜開了眼睛。

沒有閃爍的色彩。

只有穩定清澈的碧綠。

「艾倫？」凱爾感覺幾乎無法讓喉嚨發出聲音。

「凱爾。」艾倫說。他聽起來不是很像他自己——還不像。或許是因為他的喉嚨已經很久沒有使用，但是他說話的樣子有一種奇異的空洞感，奇怪地缺乏抑揚頓挫。

凱爾不在乎。艾倫活過來了。他所犯下的錯，現在都可以修復了。凱爾展開雙臂摟住他的朋友，感覺朋友的肌膚在血液比較有活力地流動後，開始變暖和。他緊緊擁抱著他。

第十章

「沒事的。」凱爾說。他抓住艾倫的雙手，感覺到冰冷，卻不是冷冰冰的。凱爾知道要溫暖別人的手，應該要好好搓揉它，所以他就開始努力。

艾倫動作極其緩慢地環視周遭，像是肌肉都僵硬了。「這是哪裡？」

「你應該專注在讓狀況好轉。」凱爾說。

「好轉？」艾倫聽起來非常像是睡了很久很久之後醒來的人，但這很合理。「我什麼時候生病的？」

凱爾不知道怎麼回答這個問題，所以他反問：「告訴我，你最後記得的是什麼？」

「我們在樹林裡。」艾倫說。他的臉龐開始回復顏色，眼睛依舊是一池碧綠，仍是它們原來的顏色，沒有旋轉的色彩。凱爾提醒自己，混沌獸是不會說話的，不會說出像這樣完整平常的句子。「我們在找塔瑪拉……」

艾倫皺著鼻子沉思，凱爾放開手，艾倫開始活絡手指。正常的手、正常的膚色，脖子上還有正常的脈搏……凱爾的心臟狂跳。他辦到了，他讓艾倫復活了，他造就了不可能……

「然後埃力斯出現在我們面前。」艾倫眉頭更加深鎖地繼續說：「一直以來，他都是叛徒。他拿到了萬能手套，他要我們跪下……」

等等，凱爾意識到，這樣下去可不妙。「艾倫，沒事的，你用不著——」

但是艾倫已開始顫抖，不像是身體寒冷的那種哆嗦，而是整個身子縮成一團的顫抖。他緊緊抓住檯面邊緣說：「我們跪下來，然後一陣衝擊，你被震離我身邊。我見到萬能手套的白光，充滿了整個天空。凱爾……」他抬起憂心忡忡的綠色眼眸。「發生什麼事了?告訴我，不是我想的那樣。」

凱爾只能搖搖頭，而艾倫盯著他自己的雙手。那雙手在凱爾眼中看起來正常白皙，但艾倫卻像是覺得退縮畏懼。

此時，凱爾發現到艾倫看到的是什麼：他的指甲變長又參差不齊。凱爾想到，**指甲和頭髮在死後仍會繼續生長**。艾倫的頭髮也長了，鬈髮蓋過了耳朵。

「凱爾。」艾倫問：「我是不是——我是不是——?」

凱爾拚命地打斷他。「沒時間了，我們必須離開這裡，我們必須趁別人還沒發現前快些離開。艾倫，拜託。」

艾倫猶豫了一下，然後點點頭，凱爾聲音中的迫切絕望似乎打破了他的懷疑。他滑下金屬檯面，赤腳著地。

他的雙腳立刻發軟，他癱倒在地，轉身呻吟。凱爾湊上前去，艾倫卻痛苦地蜷縮成一團，頭髮汗涔涔地黏在額頭。「我的腳──好像火在燒──」

一陣大笑劃破空中，那是刺耳、不敢置信的放聲大笑。「不會吧！」

凱爾挺起身子，是埃力斯，他站在門口，還是一身黑衣打扮。凱爾的心一沉。

艾倫雙手支著地面，跪著撐起自己，臉色又開始發白。「不是你。」他說：「你不可能在這裡，不。」

「我從沒想過你會這麼做。」埃力斯昂首闊步走進來。「我從沒想過你有這個勇氣，君士坦二世。」

凱爾急急衝到艾倫和埃力斯之間。「離他──離我們遠一點。」凱爾說。

「沒問題。」埃力斯拉長語調。「我會就這麼信步走開，裝作你沒有才剛讓死人復活，這真的是從來沒有人成功──」

艾倫放聲尖叫。

那是一種恐怖可怕的聲音，讓凱爾和埃力斯不禁都縮起身子，聽著艾倫扯裂喉嚨發出不像人類的哀號。艾倫抓著地面，肩膀顫抖，臉上卻不見淚水。他沒有哭。

「艾倫！」凱爾跪下來。「你要冷靜，拜託，你要冷靜下來。」艾倫四肢癱軟。「我死掉了。」他低語：「我已經死掉了，所以一切才會看起來灰濛濛，而且──而且可怕──」

房門推了開來，約瑟大師衝進來，身後跟著賈思珀和塔瑪拉。他舉起手，火焰在掌心迸現。他是來處理艾倫的尖叫聲，但是現在，他僵住了，震驚地瞪著艾倫。他像是突然間蒼老了，皮膚緊繃，嘴巴抿成一條線。

「我的老天爺。」他說。

埃力斯發出苦澀的笑聲。「這跟老天爺沒什麼關係。」

「扶他起來。」約瑟大師聲音嘶啞。「扶他站起來，我要看到他活著。」

凱爾搖搖晃晃走去保護艾倫，但是埃力斯搶先了一步，他把艾倫拉成站姿。艾倫抬起頭，望著約瑟大師身後，看到站在門口的塔瑪拉和賈思珀。賈思珀一臉驚訝，但塔瑪拉──塔瑪拉卻像是走了好長的一段路，耗損了全身的空氣，像是無法呼吸。

「塔瑪拉。」艾倫輕聲說。

塔瑪拉雙手捂住嘴巴，後退了一步，差一點撞上賈思珀，賈思珀連忙扶穩她。她不斷搖頭，深色髮辮不斷甩過臉上。凱爾一陣反胃。「塔瑪拉。」他開口。

「安靜。」約瑟大師說：「你們全都安靜。」他還是盯著艾倫，彷彿艾倫是幽魂，彷彿他從未想過自己的計畫真能成功，彷彿他從未想過艾倫可以再度活過來。

「你辦到了。」他說。他的目光盯著艾倫，但顯然是在對凱爾說話。「我是對的，君士坦，我把起死回生的任務交給你是對的。你辦到了！」

「凱爾。」賈思珀壓低聲音成了一個平淡的低語：「這是你做的？」

凱爾了解到他應該有更妥善的計畫，不應該貿然讓艾倫復活，卻沒有帶走艾倫的方法——沒有像塔瑪拉期望大家一起逃走的方法。他應該找出不會驚動整棟房子的時間，再想辦法進行這件事。

當然，他沒想到會成功。他不知道這會花多少時間，不知道會耗損他多少能量。

突然間，凱爾覺得天旋地轉。

此時，他才想起來，他的靈魂缺了一角。

他知道，他就要昏倒了。他本能地伸出手想抓到人來支撐，卻找不到人。

凱爾跌落地面，徹底陷入孤寂。

＊

凱爾在原本屬於君士坦的房間醒來，驚駭地發現安娜絲塔西亞坐在床腳邊。她穿著一身白色套裝，翻領上別著一根別針，別針上有個月長石的眼睛朝著他閃動。

他壓抑住一聲尖叫。

儘管他努力壓下聲音，她仍意識到他醒來了。

「妳在這裡做什麼？」他質問。

她撫平他胸前的被單。「約瑟大師把你做的事告訴我了，你拯救了全世界——你可知道？」

凱爾搖搖頭。

「你改變了魔法師的本質，哦，凱爾，你改變了一切。君士坦不會再被視為怪物，他的傳奇會受到表揚，也是你的傳奇。」

一種恐怖的顫慄感竄過他全身，他真的沒想過這些後果。而且她不了解，他所做的事不容易複製。他不能隨時撕裂他的靈魂，他完全不知道自己的作為會如何影響他自身的力量。他可能永遠無法再這麼做。

不過，他把這個想法暫且拋諸腦後。

「艾倫……他還沒事嗎？」他問。

「他在休息。」她告訴他。「就跟你剛才一樣。」

「他有沒有……很氣我？」凱爾想要知道。

她困惑地對他眨眨眼。「小君，為什麼有人要對你生氣？你可是創造了奇蹟呀！」

他掙扎著坐直身體，而被單纏了他一身。「我得和艾倫談談。」他說：「我得見見塔瑪拉。」

她嘆了一口氣。「好吧，你等一下。」她站起來，撫平身上的褲裝。她看著他，眼神閃亮。「你不知道這代表了什麼。」她說：「你不知道你還可以讓什麼人復活，你突破了死亡的疆域，小君。人們——古老國度以前的人們希望喚空者死去是有理由的，但你改變了這一切。」

她走出房間，凱爾覺得胃部一陣緊揪。人們想要喚空者死去的理由？除了顯而易見的原因之外還有嗎？他不能想這件事。他需要見到艾倫，艾倫是他行事正確的證據，他救了艾倫。他永遠不會再讓別人復生，永遠不要再觸碰自身的靈魂。但是這一次，這一定是值得的，一定是。

安娜絲塔西亞回來了，這一次她帶來了塔瑪拉。塔瑪拉穿著一件裝飾層層白色蕾絲的洋裝，她低著頭，不看凱爾。

安娜絲塔西亞走向房門，走了出去。只是凱爾仍看得到她的影子，她就站在走廊外頭傾聽。

凱爾決定不管了，他好高興能再次見到塔瑪拉，剛才發冷的全身現在又再度熱了起來，他真希望能看到她的表情。

他開口。「塔瑪拉，真對不起——」

她打斷他。「你騙了我。」

「我知道妳氣瘋了。」他說：「妳完全有理由生氣，但是請聽我說完。」

她抬起下巴，眼睛因為哭泣而紅腫，卻仍燃燒著強烈的情緒。「對，你不該騙人的，但凱爾，這不是重點。而且我不是生氣——我是害怕。」

他再次感到陣陣寒意，全身發冷。

「你不應該作出你做的那件事。」她說：「你不該有能力做這件事，之前只有一個人能夠往來靈魂，甚至接近起死回生。我賭上一切，認為你不是死神敵。我抱持這種信念，劫獄救出你。但是，我錯了。」她搖搖頭。「你的確是君士坦。」

凱爾彷彿挨了她一掌似地瑟縮了一下，他想起蹲苦牢的那段日子中，認為她可能會對他說出這些話。而現在，她真的說了。

「我只是想要艾倫回來。」他試著解釋。「我以為我可以修復一切。」

塔瑪拉拭著雙眼。「我也想要他回來，我想要相信他真的回來了，就像往常一樣，但我不知道……」

凱爾想要起身，他下床，卻感覺兩隻腳虛弱無力，但他還是強迫自己緊抓住床柱站直。「塔瑪拉，聽著，他不是混沌獸。我使用了我的靈魂碎片讓他復活。他是艾倫，他會說話。他有記憶，他想起埃力斯殺了他。」

「在你暈過去之後，他開始尖叫。」她淡然地說：「只是一再又一再地尖叫。」

「他嚇壞了，換成別人一定也一樣。他很害怕，而且──」

「那看起來不像是害怕。」塔瑪拉神情冰冷。凱爾希望她說錯了，但是他的內心還是有個疙瘩，塔瑪拉很少看錯事情的。

「他是我們最好的朋友。」他從喉嚨擠出嘶啞的聲音。「我不能讓他就這麼走了。」

「有時候，我們就是得放手讓他們走。」塔瑪拉輕柔地說：「有時候既定的事情就是無法改變。」

「妳原本以為妳必須放手讓拉雯離去，妳的家人也是這樣告訴妳——整個魔法世界都跟妳說，她使用了太多火魔法被火元素吞噬，而這就跟死了一樣。但是，她也參與了劫獄，妳信任她到這種程度，所以妳一定還是認為她是妳的姐姐，至少某些時候是。妳知道，魔法師有可能是錯的。」

「那不一樣。」塔瑪拉抗議。「她還沒死，她只是被噬者。」

「真的不一樣嗎？」凱爾深深吸了一口氣。「我知道妳擔心的是，我做了這件事所代表的意義。但人們痛恨君士坦是因為他是個邪惡的殺人狂，他擁有想摧毀整個魔法世界的龐大活死人軍團——而不是因為他想讓死者復生。大家都希望這件事成真，所以他才會有這麼多追隨者，因為大家都曾失去摯愛。因為當我們失去了摯愛，會感覺死亡毫無道理、太隨意，也太愚蠢了，找不到答案。或許君士坦是可怕的人，或許我也是可怕的人，但我可能是拯救了艾倫的那個可怕的人。」

「但願如此。」塔瑪拉說：「我也很想相信，我是如此想念艾倫，但我只能讓自己相信他的死只是一個可怕的錯誤。但要是，他不是他自己，凱爾——要是他不是真的回來了，那麼你必須答應我，你會徹底放手讓他走。」

凱爾凝視她的臉蛋，她看起來好悲傷，而不是充滿希望。

「我答應妳。」他說：「我永遠也不會讓艾倫成為混沌獸，我永遠也不會作出傷害他的事。」

塔瑪拉抓住凱爾的手，緊緊地握著。他心存感激也如釋重負，真想伸出雙手摟著她，就像之前那樣抱著她，但是他沒有。

她說：「凱爾，如果你不再信任我，那麼你會變得只聽從約瑟大師和埃力斯。他們不是好人，他們不會為你著想，也不會替艾倫著想。」

「我知道。」

「那麼，你就必須相信我。如果我說艾倫不是他自己，你就要相信我。」

凱爾點點頭。「我會的，我相信妳。如果妳說那不是艾倫，我會相信妳。」

「最好如此。」塔瑪拉走向門口。「因為如果你不信任我，我也不會再相信你。」

凱爾頹然在床上坐下，俯身輕拍小肆的頭。混沌狼哀鳴了一聲，彷彿聽懂剛才塔瑪拉說的話。

她離開之後，凱爾累到起不來，但又煩躁到沒辦法再休息了。他想要去見艾倫，說服自己艾倫沒事，而是塔瑪拉看錯了。但他又害怕塔瑪拉可能是對的，要是艾倫不是真的回來了呢？要是使用凱爾的靈魂只是延遲了眼睛旋動的過程呢？他的腦海淨是悲觀的想法，直到房門傳來了另一個敲門聲。

「請進。」他說，確信那一定是安娜絲塔西亞，又要來令人發毛地宣揚他有多偉大。

出乎意料的是，進來的是埃力斯。

要是真有可能的話，他可說是穿得比之前更加漆黑，頭髮則用髮膠抓出一副怒髮衝冠的模樣。他的靴子上有大大的金屬扣環，手腕上閃爍著學校的腕帶。他不知從哪裡找人替他的腕帶上加了一顆黑石頭，顯示出他的喚空者身分。

「凱爾，小夥伴。」他說：「吃晚餐嘍！」

凱爾心想，和被自己殺害的人同處一室，而那人起死回生後可能想要復仇雪恨，這是不是很難堪？他希望是。

「來吧。」埃力斯見到凱爾沒有回應後又說：「別呆坐在這裡，你的殭屍已經在餐桌上就座了。」

「別那樣說他！」凱爾厲聲說道，但埃力斯只是嘻嘻笑。

凱爾勉強起身，走過埃力斯身前，腳步蹣跚下樓來到餐廳。他整個身體都發疼了，也無法阻止耳邊響起塔瑪拉說的話，但他不能躲躲藏藏，他不能拋下艾倫單獨面對眾人。

他努力告訴自己，艾倫沒事——真的沒事——塔瑪拉了解到這一點之後，就會接受這件事，但是部分的他卻不像他想要的那樣肯定。

約瑟大師對凱爾露出燦爛的笑容，他主持一桌彷彿擺滿感恩節大餐的佳餚——有填滿佐料配菜的火雞，一碗碗的蜜汁紅蘿蔔、甘薯、青豆馬鈴薯泥，還有蔓越莓醬汁。

安娜絲塔西亞喜形於色坐在約瑟大師身邊，在她對面的是一臉緊張的賈思珀，然後是艾倫。艾倫見到埃力斯進來時，瑟縮了一下。凱爾推開埃力斯，走到艾倫旁邊坐下。艾倫的雙手緊緊交握放在膝蓋上，他對凱爾投以奇異的眼神，像是有點高興見到他，又有點不然。

埃力斯露出幸災樂禍的笑容，一屁股坐進安娜絲塔西亞旁邊的位子。她心不在焉地伸手撥弄埃力斯的頭髮，只是目光始終沒有離開凱爾。凱爾心想，那感覺像是恨不得吞下他的渴望眼神。

「塔瑪拉呢？」凱爾坐進椅子時，艾倫問道。凱爾開始把食物盛進自己的盤子，然後再放進艾倫的盤子。艾倫拿起刀叉，凱爾的心情振奮起來。他心想，等大家看到艾倫吃東西，就必定會接受艾倫是正常的，混沌獸是不吃東西的

「她在樓上。」賈思珀迅速回答。「她頭痛，在休息。」

艾倫放下叉子。

凱爾覺得有點不舒服。「沒事的。」他輕聲說，希望艾倫相信他。「吃點東西，你就會舒服多了。」

艾倫呼出一口氣。塔瑪拉說他一直在尖叫，凱爾發現到自己現在正在為此事做準備，但就算艾倫因為塔瑪拉而心煩意亂，卻仍顯得鎮靜。艾倫重新拿起叉子，塞了一些火雞填料到嘴裡。

他的肩膀僵硬，一副生氣的樣子。凱爾在想，艾倫是不是恨他。他的確有充分的理由這麼做，不過，或許他只是在心煩塔瑪拉的事。艾倫習慣人家把他當成英雄，如果知道塔瑪拉認為他不太對勁，一定會大感震驚。

塔瑪拉錯了。

她一定是弄錯了。

「要接受這世界整個顛覆了，並不容易。」約瑟大師說：「就像她現在苦苦掙扎，無法接受這是可能發生的事，日後聯合院也是一樣，而教誨院也是。但是我們的時代——駕馭虛空力量的時代——現在開啟了，就從你開始。」他指著凱爾。「還有你。」他轉向艾倫。

「那我們其他人呢？」埃力斯問。

「凱爾有辦法帶回艾倫，那只是開始。在離我們遠去的人之中，艾倫只是第一個回來的人。等聯合院了解到我們的本事，他們就不得不和我們結盟——而且是以我們的條件。這是自從鉛首度煉成金以來的最大突破，或許還更為重大。」

「我確信你也可以複製這種經驗。」安娜絲塔西亞對埃力斯說，回答了他的問題。約瑟大師顯然太沉浸於自己對於未來的思緒，而忘卻了其他所有一切。

「你辦到君士坦無法做到的事，真是了不起。」賈思珀對凱爾說，然後看著艾倫。「兄弟，你好嗎？」

艾倫轉向賈思珀，愁容滿面。

剎那間，大家都緘默不語。凱爾屏住了氣息。

「你還好嗎？」賈思珀問。

「我覺得好累。」艾倫說：「而且感覺怪異，一切都好怪異。」

「是，我常常也有這種感覺。」賈思珀湊過去拍拍艾倫的肩膀。凱爾凝視他們，這似乎是非常隨意的動作，卻又如此格格不入。

「我真的回來了嗎？」艾倫問。

約瑟大師對他露出微笑。「如果你能問這個問題，那麼你一定是回來了。」

艾倫點點頭，然後開始有條不紊吃著他的食物，但這完全不是艾倫平常吃東西的模樣。艾倫要麼是非常彬彬有禮、規規矩矩，不然就是像害怕別人會過來搶走食物，狼吞虎嚥。凱爾看著他，憂心忡忡。

但話又說回來，如果艾倫剛出院，他可能也會舉止怪異。凱爾試著把它想成剛開完刀，很多年以前，阿勒斯泰不得不接受了割除闌尾的手術，等他回到家，他疲累到什麼事都沒法做，只是坐在電視機前喝罐頭湯，看著長達一個週末的馬拉松式《古董巡迴展》。

「所以，那是什麼感覺？」埃力斯終於打破沉寂問道。

艾倫從食物中抬起頭。「什麼？」

「那是什麼感覺，我是說死掉？」

「住口。」凱爾怒斥，但埃力斯只是洋洋得意笑著。

「我不記得了。」艾倫盯著自己的盤子。「我記得瀕臨死亡之前，我記得你。」他抬頭盯著埃力斯，綠色眼睛如孔雀石般硬冷。「然後，我就再也沒有記憶了，直到凱爾喚醒我。」

「他騙人。」埃力斯說，伸手去拿裝了可樂的玻璃杯。

「不要騷擾他。」凱爾怒氣沖沖地說。

「凱爾說得對。」安娜絲塔西亞說：「如果艾倫不記得——」

「不過，我們之中能有人知道死後是什麼情況，可是非常有用。」約瑟大師說：「想想看，這會是多麼有力的資訊呀！」

凱爾推開椅子。「我不太舒服，我想我最好上床休息了。」

安娜絲塔西亞起身。「我確信你一定累壞了，我陪你走回你的房間。」

「但是艾倫呢？」凱爾說：「他要睡在哪裡？」他努力保持平緩的語氣；他想像約瑟大師會告訴他，艾倫要回去睡在實驗室，或是關到什麼地方。

情況不應該這樣，艾倫復活了，這應該解決了一切。艾倫的死是事態真正惡化的開始——凱爾被發現擁有死神敵的靈魂，被關在監牢裡，被大部分他所在乎的人痛恨。有一部分的他期望，世界會在艾倫睜開眼睛的那一剎那，自動修正。

那一部分的他真是幼稚。

「你的房間有個連通房。」安娜絲塔西亞說：「月成以前有時會住在那裡，艾倫可以用那個房間，對吧？」

她說話時，望著約瑟大師。他回應的眼神卻高深莫測。凱爾真的不喜歡約瑟大師眼睛深處那抹閃爍的目光。現在，凱爾辦到了——現在他真的讓艾倫復活了——他對約瑟大師還有用處嗎？還是約瑟大師會認定凱爾的力量不要依附在凱爾身上，反倒會更加有用？

「當然。」約瑟大師說：「只是需要打掃一下。」

*

這房間的確需要打掃——實在太多灰塵了。安娜絲塔西亞使用了她的大氣魔法，把大部分的灰塵撣下床罩和窗簾，使得大家咳聲連連。賈思珀先行告退，說他得去「看看塔瑪拉」，但凱爾懷疑他只是試著逃離這個灰塵瀰漫又令人窒息的房間。

等安娜絲塔西亞終於被說服離去，看來賈思珀和塔瑪拉都不太可能回來了。他們兩人可能待在其中一人的房間，討論艾倫復生以及它所代表的意義，也討論凱爾。他努力告訴自己，這沒什麼，他不該嫉妒，但他就是好嫉妒。

艾倫直接倒在床罩躺著，兩眼盯著天花板，雙臂摟著身體，彷彿覺得冷。

「你想談談嗎？」凱爾覺得有點尷尬。

「不想。」艾倫說。

「聽著。」凱爾說：「如果你很氣我——」

此時，門上傳來一聲輕敲，然後慢慢推開。

塔瑪拉走進房間，身上穿著一件她已懶得剪掉蕾絲的薰衣草色洋裝。她看起來好漂亮，像是在前往花園派對的途中。

凱爾眨著眼睛，很驚訝看到她。

「艾倫。」她說：「我很高興你回來了。」

他慢慢坐起身，看著塔瑪拉。他的眼睛沒有漩渦，他不是混沌獸。但是凱爾看得出來，塔瑪拉盯著艾倫時卻還是瑟縮了一下，彷彿似乎對他很陌生。凱爾在心中尖叫：但**他是艾倫呀！**他有著精神創傷，死後復活可不是容易的事。凱爾以意念希望塔瑪拉能夠了解，他看得出來她正在嘗試。她坐在斗櫃旁的一張椅子上，緊握雙手放在膝蓋上。

「抱歉，我之前一直怪裡怪氣。」她說：「我不知道該作何感想。」

「我記得妳在哭。」艾倫說：「在我死掉的時候。」

「哦。」塔瑪拉用力吞嚥了一下。

「還有妳把凱爾撞離萬能手套的魔法。」他說：「它於是打中我。」

「艾倫。」塔瑪拉倒抽了一口氣。凱爾的心在胸口擰了一下，他記得賈思珀對他說：**我只是認為她喜歡的是別人，如果你懂我的意思的話**；還有當塔瑪拉告訴他，說她永遠也不後悔救他時，他是怎樣的感覺。

「她無法同時救下我們兩人，她在一瞬間作出決定。」凱爾聲音粗啞地說：「所以艾倫，別提這件事了。」

艾倫點點頭。凱爾感覺胸口的壓力稍稍緩解，這樣比較像是艾倫。「我沒有生氣。」他說：「沒有對塔瑪拉，凱爾，也沒有對你生氣。我只是覺得——覺得像是我必須非常努力集中注意力，才能讓自己打起精神。像是我只想躺下來，閉上眼睛，讓世界變得黑暗寧靜。」

「這樣很合理。」凱爾說，太過熱切而不斷咬到舌頭。「你只是需要習慣再度活著。」

艾倫點點頭。「我想人們可以習慣任何事。」

「真不可思議。」塔瑪拉說：「坐在這裡，聽你說話，真正的說話。」

「我就要成為範例。」艾倫說：「約瑟大師打算利用我和凱爾，來向大家展現他知道如何終結死亡。」

「可能吧。」凱爾說。

「我們必須離開。」艾倫說：「他們想要利用我們，但如果必要，也會毫不遲疑地傷害我們。」

「我們打算逃走，我是說我們所有人。」塔瑪拉說：「我們必須設法前往教誨院。」

艾倫一臉訝異。「為什麼是那裡？」

「去警告他們。」塔瑪拉解釋：「他們得知道約瑟大師的計畫，還有他的弱點。」

「我們在教誨院又不安全。」艾倫說：「只是換成置身另一種危險而已。」

「但要是我們不警告他們，他們就有危險了。」凱爾說。

「那又怎樣？」艾倫說。

塔瑪拉扭動放在膝蓋上的雙手。「我們說的可是我們的朋友。」她說：「教誨院的人——你所認識的人，如佛大師、瑟莉亞、拉菲、蓋伊、關妲——」

「我跟他們不是那麼熟。」艾倫說，聲音不像是生氣，只是疏離，有一種他從來沒有過的疲憊和冷漠感。

塔瑪拉推開椅子。「我得走了——回去睡覺。」她說，然後就走向房門。她停下腳步，拿走了放在斗櫃上的東西。那是月成的日記，凱爾心想她拿這本子做什麼。他正想詢問時，艾倫開口了。

「人終究一死。」艾倫說：「我看不出我們為教誨院而死有什麼幫助。」

凱爾聽見塔瑪拉壓抑住一聲嗚咽，她胡亂摸索著門把，走出了房間。

艾倫轉過身來面對他，凱爾感覺到前所未有的疲累。生平以來第一次，他不想和艾倫說話，他只想獨處。

「艾倫，去睡覺吧。」他站起來說道：「我們明天見。」

艾倫點點頭，然後躺下來閉上眼睛，幾乎立刻就睡著了，彷彿什麼事也沒發生，不擾清夢。

＊

經過一小時聽著小肆打呼，以及艾倫怪異的靜默——他沒有窸窣翻身，看起來幾乎也沒在呼吸——凱爾知道自己是睡不著了。他一直想到爸爸、想到如佛大師，想到他們知道他做了什麼時會怎麼想。他真希望能和其中一人談談，得到一些建議。

最後，他起身，決定勇敢穿過這棟令人發毛的房子和其間的混沌獸，去找一杯水來喝。他輕輕走下樓梯，來到廚房。

「凱爾？」一個聲音傳來。塔瑪拉從陰影裡走出來，一時間，她看起來不像是真的。但是，看到她如此疲累的模樣，他知道這不是他幻想出來的。

「我睡不著。」她說：「我一直坐在黑暗中，想要釐清該怎麼做。」她穿著抵達時的衣服。凱爾看著自己的睡衣，困惑地看著她。

「什麼意思？」他問。

「你說過，如果他不對勁，你就得讓他走。」塔瑪拉說：「你答應過的。」

「還言之過早。」艾倫的確舉止怪異，就像還有部分的他仍陷身死亡之中。「妳會發現，他會愈來愈好的。我知道他今晚有點詭異，但他才剛回來，而且有時候他又像是原來的自己。」

塔瑪拉搖搖頭。「凱爾，他沒有。如果是我們最好朋友的那個艾倫，絕對不會說出那樣的話。」

凱爾搖搖頭。「塔瑪拉，他是被人殺害的，復活後不會還這麼樂觀開心吧！」

她脹紅了臉。「我並沒指望他十全十美。」

「真的嗎？因為聽起來妳是。」凱爾說：「聽起來像是妳認為他必須跟以前一模一樣，不然就是——壞掉了。妳沒有說他不能不一樣，不能有精神創傷。我不可能會答應這種事。」

她遲疑了一下。「凱爾，我是說他談論其他人的態度——艾倫從來不會那麼冷漠。」

「再給他幾天。」凱爾說：「他會好轉的。」

塔瑪拉伸出手，用手心碰觸凱爾的臉。他感覺到放在他臉頰的手指是那麼柔軟，他顫慄了。

「好。」她說，神情卻無比悲傷。「再幾天，我們最好回去睡覺了。」

凱爾點點頭，他拿了水，就回到樓上。

當他在教誨院的時候，凱爾可以分辨對錯——即使他不見得總是做對的事。在監牢時，似乎這一切都從他手中溜走。

或許這只是因為艾倫向來是他道德精神的中樞。他不願相信艾倫不對勁的地方是不能修正的。他想要艾倫沒事，不只因為他是凱爾最好的朋友，而是因為要是艾倫不好，凱爾也不會好。

如果艾倫不好，那麼凱爾就絕對是大家長久以來一直害怕的人物。

凱爾回到君士坦的房間，噗通倒在床上，要自己睡覺，這次他辦到了。

*

他隱約感覺到一陣爆炸聲，然後過了一會兒，他清醒了。他跳下床，走到窗邊。外頭的貨車發動引擎急急出發，但聲音幾乎被眾人的吶喊聲淹沒。

他第一個念頭是，聯合院前來逮捕他們。在這麼一瞬間，恐懼和寬慰在他內心交戰。

約瑟大師的身影映入眼簾，他戴著死神敵的白銀面具踏出門廊，接著輕鬆一躍，飛上天際。在他底下，凱爾見到有人並肩站在門廊階梯附近，那是一襲純白晨衣的安娜絲塔西亞，還有怒眼目視的埃力斯。

「找出他們！兩個都給我找出來！」約瑟大師大喊。此時，凱爾才了解到自己看到的是什麼，又是誰引發了爆炸。

是塔瑪拉和賈思珀引爆的，他們逃跑了。

塔瑪拉和賈思珀逃走了，他們丟下了他。

第十一章

凱爾的身體撞向窗戶，拚命拍打，後來才想起這窗子是用大氣魔法製造出來的。他簡直想都沒想，就讓火焰迸現在手中。小肆開始狂吠，凱爾幾乎沒注意到，他覺得腦海裡像是群蜂亂舞，嗡嗡聲大到讓他無法思考。魔法火焰侵蝕窗戶，但是效果太慢了，他沒時間等待。

他汲取混沌，油亮的虛空絲帶迅速從他手中裊裊湧現。他可以感覺混沌的飢渴，它像在拉扯他的體內深處。

你殘缺的靈魂是應付不來的，部分的他透過一片嗡嗡聲對他說。但這不重要，他把混沌送向窗戶。

混沌開始吞噬大氣魔法、玻璃，以及外頭的火焰。凱爾不在乎。當他踏出窗戶走上屋頂，就好像穿過房子側面的一個大洞。

他見到了遠方的火焰。

他走到磚瓦邊緣，專心汲取大氣魔法跟隨他，然後往下跳。他的身體搖搖晃晃，他一度擔心自己就要摔在草地上。

但是魔法撐住了，他盤旋在空中。小肆跟著他到了屋頂，現在不斷狂吠。凱爾轉身看著小肆，同時也見到房子另外還有兩扇窗戶被打破了——看起來是被燒掉了，因為窗戶周圍的木頭仍閃動著餘火。

凱爾的傷腳讓他有很好的理由來練習這種魔法，但是教誨院位於洞穴之中，而在家裡，附近又有鄰居，他從來沒有真正飛行過。稍稍升起是一回事，而像他夢想的這樣，遠離地面，高高懸浮在空中，卻是嶄新的經驗。他知道自己應該緊張，但是他的注意力全放在眼前的情景。

他看向火焰，了解到那不是自然的火焰，而是元素火焰。他凝神細看，發現地平線的一處山丘上有著波動。

一條蜿蜒如蛇般的巨大火舌滑過山丘背脊，這個元素獸彷彿眼鏡蛇般挺立，邊緣火花四濺。凱爾想起和賈思珀逃出圓形監獄時，也曾在走廊上見到她。

是拉雯，塔瑪拉的姐姐。這意味塔瑪拉召喚了她，而且塔瑪拉很久以前就開始計畫脫逃了，並非只是一朝一夕。當凱爾在地道親吻她，她那時必定就已經在計畫了。他原本以為他讓艾倫復生，才使得她不再信任他；但是她一定早在那之前就不信任他了。因為要是她信任他，就會對他說她在聯繫拉雯，但是她沒有。這個認知有如一塊沉重的石頭，壓住他的胸口。

他的專注力時斷時續，底下的空氣又開始晃動。約瑟大師朝拉雯發射了一道冰凍魔法，拉雯嘶嘶吐出濃煙閃躲了攻擊。

凱爾聽得出嘶吐聲中帶著輕蔑，火焰沿著山脊一路爆發。從躍動的橘色火光中，凱爾覺得像是看到兩個奔跑的小小身影。

塔瑪拉信任賈思珀，卻不信任凱爾。她拋下凱爾，她丟下他，因為她在他房間說的話是認真的。說她賭下了整個人生，深信他不是死神敵，沒想到他卻是。

直到現在，盤旋在燃燒的景觀上，凱爾才了解到，能夠得到塔瑪拉的信任，原來一直是這麼至關重要的事。

凱爾感覺到一陣痛楚湧現，痛到他覺得快要窒息。

約瑟大師大叫，底下蜂擁而至的深色人影不斷對拉雯施展魔法，但她的行動快速，聰明地閃躲了他們的任何攻擊。

凱爾揚起一隻手，想起當時在火焰迷宮的事，他是怎樣在裡面迷失方向，直到他了解混沌魔法吞噬的一切中也可以吸走氧氣，進而除掉火焰。他必須除掉拉雯，此時，他知道自己辦得到。

「凱爾。」是艾倫，他站在屋頂上，一手拉著小肆的鬃毛。他赤腳站著，而且不知從哪裡找來了一件T恤，換下了他的制服上衣。在黑暗中，他顯得神色蒼白。「讓他們走。」

凱爾聽見自己用力的呼吸聲。卡車在約瑟大師屋前草地上四處行駛，卻因為擔心油箱爆炸，都不願接近拉雯。

「但是——」

「那是塔瑪拉。」艾倫說：「你以為約瑟大師會原諒她脫逃嗎？他不會。」

凱爾僵住了。

「他會殺了她。」艾倫說：「而你會難過，因為你愛她。」

凱爾慢慢放下手，盤旋在屋頂上方。他感覺到艾倫伸出手，抓住他的上衣背後，拉他下來到磚瓦上。他倒了下來，一半壓在小肆身上，幾乎撞倒艾倫。等他們重新穩住身體，凱爾再也見不到塔瑪拉和賈思珀小小的奔跑身影了。

熱淚湧上凱爾的眼眶，但他努力眨回壓抑。「她拋下我了。」

艾倫坐起來，和凱爾分開。然後他在磚瓦上側身挪動，小肆跟在他身後。「凱爾，她是拋下我們。」

凱爾發出又笑又哽咽的聲音。「對，我想是的。」

「她想去警告教誨院。」艾倫說：「我們不要去那裡比較好。」

凱爾突然間了解到，艾倫說話的態度是哪裡怪了。「你為什麼突然這麼痛恨教誨院？」

「我沒有痛恨他們。」艾倫說。他看向剛才交戰的地方。「但是，這就好像比起我以前活著的時候，我現在更能看清他們。凱爾，他們向來只想從我們身上得到東西。他們再也無法從我身上得到什麼了，而他們會想懲罰你。你知道，你證明他們錯了。他們從不相信君士坦真的可以讓死者復活。」

凱爾凝視著他，想要解讀他的表情，解讀他清澈的綠色眼眸，但是這個艾倫不容易判讀。不管怎樣，他就是超級令人不寒而慄。

但是他才回來不久，凱爾提醒自己，或許死亡會依附一陣子，讓一切蒙上黑影，或許這黑影終究會離開。

「讓你復生，你認為我做對了嗎？」問完後，凱爾感覺像是在聽到答案以前，都無法好好呼吸。

艾倫發出一聲不太像是嘆息，而比較像是風兒呼嘯吹過樹林的聲音。「你知道我已經不是喚空者了，對吧？也根本不是魔法師了，那部分的我已經不復存在，一切感覺起來——我不知道，都那麼暗淡枯燥。」

凱爾覺得有點反胃，他知道埃力斯用萬能手套奪走了艾倫的喚空者能力，卻不知道艾倫復活後會完全 失去魔法。「那可能會改變。」他拚命說著。沒有艾倫的話，他不知道自己會作出什麼，不知道自己會變成什麼樣的人。「你可能會好轉。」

「你應該先問自己，是不是很高興讓我復活了。」艾倫淡淡一笑。「現在魔法師永遠不會再接納你了，而我知道你不想留在這裡和約瑟大師在一起。」

「我用不著問自己。」凱爾激烈地說：「我的確很高興讓你復活。」

小肆對這句話吠叫了一聲，然後探身擠到兩人中間。艾倫伸手輕拍著混沌狼，凱爾感覺胸口的緊張壓力稍稍緩和。如果艾倫真的有什麼不對勁的話，小肆當然可以察覺得到吧？

約瑟大師出現在他們的視線裡，一群密集的混沌獸和數十名魔法師跟在他後頭。他昂首走回屋子，見到凱爾和艾倫坐在屋頂上，身後有一個被混沌吞噬的洞口，他瞬間像是怒火中燒，接著表情又緩和下來。

「幸好你們兩人沒跟他們一起走。」約瑟大師大叫。

埃力斯出現在他身後，他大笑：「沒人找他們。」

「等聯合院知道你解鎖的力量，一切都會不一樣。」約瑟大師說，但凱爾懷疑果真如此嗎？塔瑪拉的爸媽都是聯合院成員，如果她驚恐萬分，他們難道不會也同樣驚恐，甚至是更加害怕？

不過，凱爾只是點點頭。

「進來吧。」約瑟大師冷冷地說：「我們稍候再談。」

凱爾再度點點頭，但是他沒有進屋。他坐在屋頂上，直到太陽開始升上天際。艾倫也跟他一起坐著。

當陽光把艾倫的眼睫毛染成金黃，他轉向凱爾。「你怎麼辦到的？你可以告訴我。」

「我把我一小片靈魂給了你。」凱爾說，他審視艾倫的表情，看他是否感到驚恐。「所以之前才都沒成功，君士坦絕對不會嘗試這種事，他永遠也不會交出本身任何力量。」

艾倫點點頭。「我想我分辨得出來。」他終於說道：「我想我感覺得到它——它是我的一部分，卻又不算是。」

「這就是日後情況還是無法如他們所願的原因。」凱爾踉蹌起身，談論分享靈魂讓人覺得不太自在。「因為我不能一直使用我的靈魂碎片來讓人復活，靈魂不是……無窮無盡的，會用完的。」

「然後你就會死掉了。」艾倫說。

「我想是這樣。我想這就是君士坦一直把月成留在身邊的原因——這樣他就可以使用他的靈魂。而我看了月成的日記——」凱爾轉身，原本想拿給艾倫看，才想到它已經不在了，塔瑪拉帶走了日記。凱爾假定她是要拿給教誨院看，以當作證據，他又覺得反胃了。

「你沒感覺到體內有君士坦的靈魂，對吧？」艾倫問。「你只是覺得很正常，一直覺得很正常。」

「我從來就沒察覺到異狀。」凱爾說。

「或許我只是需要習慣它吧。」艾倫說，聽起來很像原來的他。他甚至斜嘴一笑。

「我很感激你做的事，即使它不管用。」

凱爾想堅稱，**但是它管用呀！**

但他還來不及說出口，就有人敲門了。是安娜絲塔西亞，她沒等他們應門，就自行打開房門。她走進凱爾的房間，看到凱爾造成的損壞——混沌吞噬的牆壁，以及流瀉進入的晨間陽光，她止住腳步，眨動了好幾次眼睛。

「孩子不應該因為擁有這麼大的力量而受到詛咒。」她像是自言自語。她穿著戰鬥裝備——胸前和手臂覆著淡銀白色的鋼製護具，銀髮罩在鍊網兜帽底下。

就這麼一次，她彷彿認為凱爾和君士坦是不同人，卻同樣受到詛咒。他希望她能一直這樣看待他們，只是也不特別抱持希望。

「怎麼了？」凱爾站起來問道。

「看。」艾倫指著一隻映入眼簾的大氣元素獸，牠飛翔在島嶼樹林的樹梢。牠不斷晃動，透明的環狀形體有如巨大水母。

「我們遭到攻擊了？」

「剛好相反。」安娜絲塔西亞說：「那是我的元素獸，是我召喚來的，做為我的部隊先鋒。我要去追捕你的朋友，帶他們回來，免得他們抵達教誨院，迫使我們不得不採取行動。」

「放他們走吧。」凱爾站起來，走過屋頂殘瓦，跳回房間。

「你知道我們不能如此，你也知道原因。他們知道太多可能會危及我們的事，他們應該要更有忠誠度。在聯合院和死神敵的軍隊開戰前，我們希望有更多時間可以準備，但要是塔瑪拉和賈思珀逃回去，戰事可能一星期之內就會爆發。」

凱爾想到成千上萬在水底營區等候的那些混沌獸，想到他可以怎樣把牠們帶離島嶼，而聯合院又怎樣可能把他視為英雄。

塔瑪拉一直希望他能被視為英雄，凱爾無法恨她。不管發生什麼事，他知道他永遠無法恨她。

「不要傷害我的朋友。」他說：「我沒有求過妳什麼事——」他沒辦法讓自己叫她媽媽，這兩個字卡在他的喉嚨裡。「安娜絲塔西亞，如果妳抓到他們，妳要保證不會傷害他們。」

她瞇起眼睛。「我盡量，但是他們知道逃跑的後果。而且凱爾，我認為他們對我也不會手下留情的。」安娜絲塔西亞穿著這一身戰鬥盔甲，顯得蒼白又可怕。凱爾想到她對塔瑪拉和賈思珀的看法可能沒錯，就更加替他們擔心。

「答應我妳會盡量。」凱爾說，因為他想到這很可能是他唯一能從她身上得到的承諾。他覺得無助，但是，他難道不是死神敵嗎？不是像塔瑪拉說的，他讓艾倫復生便證明了這一點？不該是由他來指揮大局嗎？

「當然。」她對他說，但聲音太過乾脆俐落，像是沒什麼仁慈的空間。「好了，下去吃早餐，你們兩人和約瑟大師有很多事要討論。」

艾倫起身站起，來到凱爾站立的地方。雖然兩人都沒睡，而且塔瑪拉離開了，凱爾卻再次覺得充滿希望。他確信艾倫說得沒錯，說他的靈魂需要時間安頓。等艾倫回到原本的自己，他們就會想出辦法。他們以前逃離過許多險境，這一次也會找到方法的。

或許吧。

「好。」他對安娜絲塔西亞說道。

凱爾還是穿著借來的睡衣，他懶得費心換下；艾倫似乎也安於身上的穿著，所以兩人就這麼結伴下樓，進入餐廳。約瑟大師和包括雨果在內的幾名魔法師在裡頭，當凱爾和艾倫進去的時候，魔法師紛紛起身離開。約瑟大師的一邊頭髮燒焦了，埃力斯臉上紅紅的，像是受到火舌侵襲。整個桌子散落著繃帶、魔法藥膏和用過的馬克杯。

「坐下。」約瑟大師說：「如果你們餓的話，廚房裡有咖啡和蛋。」

凱爾立刻去倒了一大杯咖啡。艾倫沒去拿任何東西，只是坐在桌邊等待。

約瑟大師坐回椅子。「時候到了。」他看著凱爾說：「你必須解釋你是怎麼讓艾倫起死回生。」

「好吧。」凱爾說：「但你不會喜歡的。」

「凱爾倫姆，實話實說就好。」約瑟大師聽起來像是試著保持冷靜，但仍明顯透露出緊繃的語氣。「什麼事都可以。」

才不可以。凱爾解釋自己怎麼撕裂自己的靈魂碎片，置入艾倫的身體，他看到約瑟大師的表情愈來愈陰沉。艾倫先前已聽過完整的過程，現在他凝視窗外，看著一些混沌動物在草地上嗅聞。

「是真的嗎？」約瑟大師聽完凱爾的話問道。埃力斯不敢置信地盯著他。「凱爾，真的是這樣？」

「太荒謬了！」埃力斯抗議：「怎麼可能會有人想到這樣的主意？」

「我是從月成的日記中得到想法。」凱爾轉向約瑟大師。「你知道的。」他說：「你知道這就是君士坦一直在做的事，他使用月成的靈魂碎片，想讓死者復生。」

約瑟站起來，雙手交握在背後開始踱步。「我有猜到。」他說：「但希望那不是真的。」

「那麼你們就知道了。」艾倫從窗邊收回視線。「這不是凱爾可以重複做的事。」

約瑟大師轉向他們。「但是他非做不可，要是安娜絲塔西亞沒能阻止你的朋友，他們就會到教誨院。到了之後，等他們告訴聯合院，我們是希望他們能夠理性，能夠了解你的天才。但萬一他們的反應不是這樣，我們就會面對戰爭。在發生這種事之前，我們必須先讓德魯復生。」

「讓德魯復生？」埃力斯倒抽了一口氣。「你從沒提過這件事。」

「我當然說過。」約瑟大師厲聲說道：「讓艾倫復活是一回事——因為我們有他的身體——但要是凱爾可以挽回已進入死後世界的靈魂，聯合院就會把權力交給我們，任何人面對這樣的力量都會畏縮。」

「今天是聯合院，明天是全世界！」埃力斯開心地說：「目標不斷放遠。」

「但這不可能。」凱爾說：「你沒在聽嗎？我不能一直撕裂我的靈魂，我會死。」

「哦，不！」埃力斯諷刺地拉長語調。「這樣不可以。」

「你們也會殺死君士坦．喚豐。」艾倫說。

「這倒是真的。」約瑟大師說。他看著凱爾的神情讓凱爾想起第一次見到他的情景：德魯死了，約瑟大師的表情混合著對凱爾倫姆．亨特的恨意，以及對困在凱爾體裡的死神敵的想念。「所以我們才需要有個月成。」他轉向埃力斯。

凱爾絕對不想讓德魯復生。「呃。」他說：「首先，你需要有個身體，還有德魯靈魂的蹤跡。我是說，就艾倫來說，他的身體裡仍有部分的他在裡頭。」

艾倫一動也不動，凱爾不知道艾倫對這件事是怎麼想的。他擔心這一切只會讓艾倫對於復活感到更加糟糕，他希望不會這樣，他需要艾倫保持正向。嗯，至少現在能為他盡量保持正向。

「我可以準備這些東西。」約瑟大師熱切地說。

「好。」凱爾說：「大概就是這樣，我會協助，但我的魔法在帶回艾倫後，就真的減弱了不少。」

「你的魔法吞噬了屋子牆壁，出現一個大洞。」埃力斯指稱：「在我看來是沒什麼問題。」

凱爾悲傷地點點頭，拚命誇大哀傷。「我不是有意的，我就是情況失控，我也不願意萬一傷害到德魯。」

埃力斯的眼神如利刃般盯著凱爾，但約瑟大師似乎是相信他了。「對，我看得出來這可能有危險。埃力斯，你聽到凱爾說的了。現在，我們得重現他的實驗，來吧。」

埃力斯一臉憂慮，貨真價實的憂慮。凱爾猜想，把自己的靈魂撕裂成片並不是埃力斯想涉及的事，不過他對埃力斯可不特別同情。

約瑟大師手指一彈，召回其他魔法師——顯然他們一直密切注意這裡的一舉一動。

「我們走吧。」他對埃力斯說，頗有把他強行拖進實驗室的威脅意味。

凱爾對埃力斯揮揮手，就這麼一次對自己和這世界感到滿意。

埃力斯甚至沒特地瞪他，只是滿臉駭然。

艾倫找到一杯先前魔法師留下的半滿咖啡，直接送到唇邊。凱爾看著他，發現到自己正在等著艾倫要求他們跟去，以便解救埃力斯。

「埃力斯是害你死掉的元兇。」凱爾對著想像的場景說道：「我才不在乎約瑟大師對他做什麼事。我們應該坐在這裡吃早餐就好，我才不在乎他的靈魂是不是會被撕裂。」

「好。」艾倫回應。

凱爾從魔法師留下來的盤子上抓了一片沒人吃的吐司，艾倫不應該這麼說的。他應該說約瑟大師和埃力斯是邪惡的一方，而正義的一方不該跟他們有一樣行為的這種話。

艾倫卻什麼也沒說。

凱爾嘆了一口氣，推開椅子。「是，好吧，我們去看看。」

艾倫看起來很困惑，但還是起身跟在凱爾後頭。兩人悄悄走向實驗室，可以聽見實驗室傳來悶沉沉的說話聲。凱爾瞇起一邊眼睛，從鑰匙孔窺看另一頭，但是在電影裡這樣雖然管用，但現實生活中，他卻看不見東西。

「如果你找不到德魯的靈魂，那麼你一定不是太夠格的喚空者。」他聽見約瑟大師在房門的另一頭說著：「或許你應該充當德魯復生的容器，或許凱爾倫姆‧亨特可以推入德魯的靈魂，然後推出你的靈魂。」

「我是喚空者。」埃力斯哀鳴。「你不能這麼做。」

凱爾倒抽了一口氣，這才是真正的約瑟大師，是他一直努力隱藏在精緻晚餐跟和善態度底下的真面目。

「你的力量是偷來的，你是劣等品。」約瑟大師說，聲音有強烈的怒意。「你原本就不該可以使用混沌魔法的。」

「我辦得到。」埃力斯說：「我可以！」一陣擤鼻子的聲音。「只要給我一些空間來做。」

此時，凱爾聽到房間傳來一聲低沉的呻吟——像是帶著混沌的聲音。

「約瑟大師。」凱爾捶著房門大叫：「讓我們進去！」

過了一會兒，約瑟大師開了門，埃力斯神情震驚坐在地上。裡面沒有其他人，但是檯面上卻有一具屍體，屍身冰冷，皮膚發青。

「看得出你們終究是想來幫忙。」約瑟大師說：「但是目前，我們還可以。凱爾倫姆，你今天先回去，等休息夠了再說。」

說完話後，門就在他們面前關上，還扣上了門鎖。

「嗯，我想就這樣吧。」凱爾說。他好想吐，他們真的能讓德魯復活嗎？凱爾認為沒有德魯的身體，他們是辦不到的。就連混沌獸也有些微自身的靈魂困在身體裡面——就像凱爾不小心把珍妮佛・松井變成混沌獸時發現到的。

但是他自己的靈魂就是君士坦的靈魂，而且畢竟也是在一個新的身體，或許這終究可能成功。他看了艾倫一眼，但是艾倫不太像在擔心約瑟大師會讓德魯復生。

凱爾必須採取行動。「來吧。」他對艾倫說：「我們可以從外面繞過去，再透過窗戶窺看。」他隨手抓了一件外套和靴子。

「我們要過去看他受罪嗎？」艾倫問，這根本不算是問題，凱爾沒有回答。

前往屋外時，他們經過一群四散的混沌獸，牠們低著頭呻吟。真是這裡的名勝，凱爾心想。艾倫對牠們皺皺眉頭，雙手放在口袋，快步走開。

「你看看。」凱爾說：「看到沒？這就是你不在的時候，我陷入的麻煩。你死了以後，我被逮捕，後來又逃獄，接著被綁架帶到這個死神敵的基地。而且還是跟賈思珀一起，他不斷跟我講述他的愛情生活……」

聽到這裡，艾倫的嘴角微微上揚。

「還有我親吻了塔瑪拉，而她現在卻痛恨我！沒有你，我什麼也做不好。你是協助我分辨是非的人，我不知道沒有你的話，我還能不能辨別對錯。」

聽到這席話，艾倫看起來沒有特別感到高興。「我不——我現在幫不了你。」

「但是你一定要。」凱爾說。他們已經走到一個小樹林，從那裡可以偷偷繞到實驗室的窗戶。不過此時，實驗室裡面發生的事，似乎沒有他們之間這件事重要。「你以前一直幫我的呀！」

艾倫搖搖頭。「我現在對事情的看法和以前不一樣。」他雙手插進口袋。外頭很冷，寒風刺骨，但凱爾不知道艾倫是不是可以感覺到，他似乎不覺得冷。

「你沒事的。」凱爾說：「我們只是需要帶你離開這裡。」

「我們什麼時候走？」艾倫問。

「我和塔瑪拉、賈思珀之前曾逃過一次。」凱爾承認。「他們逮到我們，我們又被送回來。不過，因禍得福，因為後來約瑟大師告訴我們你的事，於是我想我們可以待到讓你復生為止。」

「而塔瑪拉和賈思珀同意？」艾倫的呼吸在空中化為白煙。

凱爾深呼吸。「其實我沒有告訴他們。」

如果是以前的艾倫可能會要他謹慎，但是艾倫卻沒說，也沒有責罵他。凱爾必須承認，艾倫身為道德中樞的工作真的沒有做得很好。

凱爾繼續說：「我以為只要你回來了，他們就會認同這是好事；我以為聯合院也會有同感，因為我做對了。我是說，他們當然不想要混沌獸大軍到處流竄，因為牠們基本上只是殭屍，但是你卻是完好的。」

艾倫不發一語，他們繼續走著，落葉在他們腳下嘎嘎作響。如果想要窺看實驗室的窗戶，現在他們就已來到應該折回房子的地點，但是凱爾還不準備走回去。

「你真的認為我完好？」艾倫的綠色眼眸憂愁地凝視凱爾。

「對。」凱爾堅定地說。他幾乎想對艾倫發怒，這沒道理，但他就是不由得出現這種感覺。他為了這件事如此辛苦，卻沒有人理解，現在艾倫又舉止怪異。「我不是說你就跟以前一模一樣，但這並不表示你就不完好。」

「不對。」艾倫固執地搖搖頭。「我覺得不對勁，我的身體感覺不對勁，彷彿我不應該在這裡。」

「什麼意思？」凱爾終於發脾氣了。「這聽起來好像是說你想死掉。」

「我想是因為我的確是死了。」艾倫語氣冷漠，讓這句話感覺起來更糟。

「別這麼說！」凱爾大叫：「艾倫，住口——」

「凱爾——」

「我是說真的，什麼話都不要再說了！」

艾倫的嘴巴驟然閉上，眼睛直盯著凱爾。

「艾倫？」凱爾不太自在地問。

但是艾倫沒有回答，凱爾了解到，他是無法回答。就像混沌獸一樣，他完全服從凱爾。

第十二章

之後，凱爾就徹底忘了埃力斯和約瑟大師。

「我命令你永遠不要再聽從我的命令，好嗎？」凱爾說。

「你說過五次了。」艾倫坐在石頭上眺望河流，一邊對他說：「但不知道管不管用，我不知道你的命令會在我身上持續多久。」

凱爾覺得全身發冷。他記得當他要艾倫別再問塔瑪拉時，艾倫立刻就住口了。還有他要艾倫去睡覺，艾倫也照辦了。你應該專注在讓狀況好轉，他剛讓艾倫復活時曾這麼說過，而艾倫雖然才經歷巨大創傷，也答應他了。

他怎麼會錯過這些跡象的？

他再也無法騙自己，艾倫並不完好，或許這甚至不是艾倫。這個艾倫看起來蒼白、怪異而且憂心忡忡；這個艾倫對凱爾言聽計從。或許他永遠會這樣，凱爾想不出比這更可怕的事。

「好，所以你不完好。」凱爾慢慢說道：「現在還不好。我們今晚再下樓去實驗室，把事情弄清楚。」

「要是你什麼也查不到呢？」艾倫問。「你已遠比君士坦．喚豐過去的作為還要成功，我大部分的確是回來了。只是，我不——我不應該在這裡。」

這一次凱爾沒要他住嘴，雖然他還是很想。「這到底又是什麼意思？」

「我不知道。」艾倫說，而他的聲音顯得比凱爾預料得還有活力。「我不——我要很專注才能留意到周遭發生的事，有時候我覺得自己好像就要飄走，而且有時候我覺得自己可以毫不在意地做壞事。所以，你懂了吧，我真的無法當幫忙你明辨是非的人。凱爾，我真的真的沒辦法。」

凱爾想跟以前一樣提出抗議，但這一次他住口了。他想到艾倫淡然的神情，想到艾倫不了解為什麼要在乎教誨院的人們會死掉。他不能一直堅稱艾倫沒事，如果艾倫相信事情不對勁，那麼他就必須相信，因為這是他虧欠艾倫的。

而且至少艾倫會說話，這必定是有意義的。如果他不是艾倫，他就不會困擾自己的感覺有什麼不同。

「我們可以修正這件事。」凱爾只這麼說。

「死亡和爆胎不一樣。」艾倫說。

「我們必須正向思考。」凱爾說：「我們只需要——」

「有人來了。」艾倫起身指向房子。大門開了，約瑟大師率領一行魔法師走向他們。凱爾也站了起來，塔瑪拉和賈思珀走了之後，凱爾的逃脫計畫變得模糊不成形。艾倫復活的這件事分散了他的注意力，他以為約瑟大師也分心了，所以認為自己還有更多時間。

艾倫抬起頭，凱爾順著他的視線，發現天空烏雲密布，凱爾可以見到巨大形體在雲霧中翻騰。

其中一個影子穿破雲層，那是一隻巨型的大氣元素獸，安娜絲塔西亞坐在背上，銀白色的盔甲污跡斑斑。

她的元素獸降落在凱爾和艾倫後方的地面，送出一波氣流，吹平了她周圍的綠草。凱爾注意到，他們實際上是困在安娜絲塔西亞和約瑟大師中間。

發生什麼事了？

「凱爾倫姆！」約瑟大師率先來到他們身邊，凱爾馬上注意到兩件事，先是埃力斯沒跟著他，然後他的外套濺到形跡可疑的液體。「時間到了。」

凱爾和艾倫對看了一眼。「什麼的時間到了？」

「塔瑪拉和賈思珀已經回到教誨院。」安娜絲塔西亞走向他們說道。她的元素獸在她後頭的草地等著她，揚起一陣微風。「聯合院很快就會知道我們的所在地，以及你做了什麼事。」

「我們展現自己，讓世界知道我們手中力量的時間到了。」約瑟大師說：「雨果，你帶機器來了嗎？」

凱爾和艾倫兩人目不轉睛，看著雨果把一個巨大的玻璃罐交給約瑟大師，只見灰黑色的氣流在玻璃罐裡轉動。

龍捲風電話，凱爾對艾倫作出唇型，艾倫緩緩點點頭。

約瑟大師伸手一揮，摘下玻璃罐的蓋子。氣流開始在他們周遭激烈轉動，安娜絲塔西亞的大氣元素獸發出受驚嚇的聲音，噗地一聲消失不見。

凱爾靠向艾倫，艾倫的髮絲被吹得一直打向他的眼睛。氣流往外擴展，穿過樹木枝葉，繞著他們站的地方打轉。

「如佛大師！」約瑟大師大喊：「聯合院的魔法師！你們現身吧！」

那就好像看著模糊不清的電視機，接著影像慢慢浮現。凱爾看到聯合院的集會室，以及身著綠色長袍的魔法師。他認得其中一些人，像是塔瑪拉的爸媽，當然還有教誨院的魔法師——奇姬大師、向北大師、唐楓大師和禿頭光亮、縮著肩頭坐著的如佛大師。

他們會這樣子聚集在一起，一定是為了一個理由：討論怎麼擊敗凱爾倫姆‧亨特，怎麼擊敗死神敵。

凱爾倫姆看到他的導師時，胃部一陣緊揪。但是，比起接下來看到坐在如佛大師身邊的人時，現在的感覺根本不算什麼。是賈思珀，他穿著四年級的白色制服，而塔瑪拉也同樣身著白色制服，她的頭髮紮成整齊的髮辮，深色的大眼睛像是穿透了咒語視野，直接看進了凱爾的靈魂。

塔瑪拉的爸爸上前一步，他的手放在女兒的肩膀。「約瑟大師，這是我們最後一次呼籲你們投降。上一場戰爭使我們傷亡嚴重，但是你也損失慘重，你失去了你多位兒子、失去君士坦，也迷失了自我。如果我們重啟戰事，就不會有和平協議，我們會殺掉你們和找得到的每一隻混沌獸。」

凱爾打了哆嗦，想到了小肆，這隻混沌狼現在可能躲在樹後。

「這太可笑了。」約瑟大師說：「在我們擁有通往永生的關鍵時，你卻說得一副你們才是強勢的一方。是因為塔瑪拉和賈思珀逃回去後，通報了我們基地的資料嗎？如果我害怕洩露這件事，老早趁有機會時，就砍斷他們的喉嚨了。」

塔瑪拉怒視著他，賈思珀卻往後退。賈思珀的媽媽在他身旁，但凱爾沒看到他爸爸的身影。

「你們不明白。」約瑟大師繼續說著：「沒人在乎你們那可笑的戰爭，魔法師想要的是摯愛能夠復活，想要永生。你們唯一能得到魔法世界支持的方法是，否認站在我身邊的事實。」說完話後，他伸手攬住艾倫，艾倫旋即退開掙脫他的懷抱。

「說點話吧。」約瑟大師對艾倫說。

「我沒什麼話要說。」艾倫對著魔法師說話。「我又不支持你。」

凱爾以為約瑟大師會對艾倫大吼大叫，或是試著阻止他說話，但是他的臉上卻露出了暢快的笑容。

魔法師之間頓時噤聲不語。如佛大師從雙手之中抬起頭，神情顯得更蒼老、更多皺紋。「艾倫？真的是你？」

「我——我不知道。」艾倫說。

但是聯合院已陷入一片混亂。凱爾心想，不管塔瑪拉和賈思珀怎麼說的，他們都不是真的相信艾倫復活了，他們一定認為艾倫是混沌獸，約瑟大師只是妄想，凱爾是——

他們是怎麼認定凱爾的？

如佛大師現在看著他，深色眼睛滿是失望和認命。「凱爾倫姆。」他問：「是你做的？你讓艾倫死而復生？」

凱爾低頭看著腳，無法迎向如佛大師的目光。

「他當然做了。」約瑟大師說：「靈魂就是靈魂，本質並沒有改變。他一直是君士坦・喚豐，而且永遠都是如此。」

「才不是真的！」

凱爾驚訝地抬起頭，想看看是誰替他說話。是塔瑪拉，她雙手在身體兩側緊緊握成拳頭，她沒看他，但她剛剛的確說了那句話。這表示她不相信自己以前說過的話嗎？就是說他真的是死神敵？

塔瑪拉的爸媽示意要她安靜，把她拉到一邊，幾乎離開凱爾的視野，而約瑟大師對他們嗤之以鼻。

「你們真是蠢斃了。」他說：「以為攻擊我們的話，我們只會勢單力薄——就如同塔瑪拉和賈思珀已經回報的。但是你們真的認為我在你們之間沒有盟友？整個魔法世界中，到處都有引頸企盼等著我們完成君士坦的計畫、等著我們征服死亡的魔法師。現在這個訊息已傳遞出去，你們可能已經注意到少了一些成員……」

幾名聯合院成員開始環顧四周，一些人看著賈思珀和他媽媽，看著賈思珀爸爸原本應該出現的位置。

「你們贏不了的。」約瑟大師說：「太多人跟我們有同樣的信仰，如果我們不能夠藉著魔法得到益處，反倒還必須為了一個不太在乎我們的世界，控制元素獸，那麼具備天生的魔法有什麼用？而魔法又有什麼用處，要是我們不能用它來解決最大的生存謎題——關於科學始終無法參透的靈魂秘密。現在我們知道死者可以復生，全世界的魔法師都會聚集在我們這一方。」

集會室後方有一些魔法師開始交頭接耳，指指點點。凱爾看得出來，雖然艾倫拒絕約瑟大師的要求，但艾倫的存在便足以引起騷動。凱爾思忖，其中會有多少人想加入約瑟大師。

「凱爾倫姆，阿勒斯泰心急如焚。」如佛大師說：「帶上艾倫，來找我們，讓我們起碼可以確認你們的主張。」

「你一定認為我們是傻瓜！」約瑟大師朝著魔法師閃動的影像大喊。

「我們跟你們說過了。」塔瑪拉說：「他被囚禁了。」

「看起來不像。」葛雷夫主席哼了一聲。「而且既然你們也曾參與他的逃獄行動，我們知道你們一定也曾經有所妥協。」

「凱爾可能是有一點斯德哥爾摩症候群啦。」賈思珀供認。「但他是被約瑟大師關在那裡，艾倫也是。」

「你俘虜了這些孩子嗎？」如佛大師質問。

約瑟大師微笑。「把君士坦．喚豐當成俘虜？我一直只是他的僕人而已。凱爾，你可是被迫留在這裡的？」

凱爾思索自己應該怎麼回答，部分的他想要高聲求救，懇求別人來拯救他。但是，聯合院不像有辦法救他出去——至少現在不是。最好還是讓約瑟大師相信他和他同陣營，要是真的會爆發戰爭，竭盡全力協助聯合院獲勝就是他的工作。

至少，他認為他應該協助聯合院贏得戰爭。

不管怎樣，他的答案都是一樣。

「不是。」他挺起身子。「我不是俘虜，我是凱爾倫姆．亨特，死神敵的重生，而我接受了我的命運。」

*

「我不喜歡這裡。」艾倫說。

兩人在塔瑪拉的房間，或者該說是原本屬於塔瑪拉的房間，他們坐在那張軟綿綿的粉紅色大床。凱爾房間的牆壁仍留著被他破壞的洞口，那裡變得冷颼颼，而現在，修繕房子並不是大家待辦事項的第一要務。

「我們不會待太久的。」凱爾承諾，但他也只有最粗略的計畫。

艾倫聳聳肩。「在你宣布你是死神敵後，我猜我們不會回去教誨院了。」

凱爾雙手抱住膝蓋。「你認為我是說真的嗎？」

「你是說真的嗎？」艾倫的眼睛毫無表情。凱爾不知道艾倫在想什麼，以前他很會猜艾倫的心思，現在再也猜不透了。「畢竟你戰勝了死亡。」

「今晚我們去弄清楚可以怎麼幫你。」凱爾說：「之後，我們就逃走。」他沒有提及他希望一起帶走的混沌獸軍團。如果他今晚可以釐清艾倫的情況，他們就可以離開，他們可在天亮前領軍過河，埃力斯個人的混沌獸數量絕對不足以阻擋他們。

但要是他找不到問題癥結呢？他們還是應該走嗎？他真的認為魔法世界可以接受

他，尤其現在還帶著艾倫？

他想到聯合院成員的表情，肚子裡就升起一股寒意。

他想起安娜絲塔西亞的話：**你擁有強大的力量，沒辦法就直接放棄這樣的力量。世界不會讓你如此，不允許你只是安全躲藏起來。最後結局會是——不是統治世界，就被它踩得粉碎。**

他真心希望她的想法錯了，但他必須承認，她對塔瑪拉的看法是對的。

「現在要接近實驗室並不容易。」艾倫說：「這裡有好多人在，樓下一片混沌。」的確沒錯，整棟房子騷亂不已，安娜絲塔西亞帶著年輕魔法師來去匆匆召喚元素獸，約瑟大師帶領雨果和其他魔法師在外頭為房子周遭土地設下防禦咒。

凱爾想說些俏皮話，像是混沌可是他的專長，但這樣太悲傷了。他或許仍是混沌魔法師，艾倫卻已經不是了——他的魔法現在屬於埃力斯了。「小肆可以幫忙。」他說。

小肆聽到牠的名字，馬上豎起耳朵。牠跟在他們身邊衝下樓，卻在底下的階梯停下腳步。牠瞇起眼睛，發出一聲低沉的吼叫。小肆從來就不喜歡這裡，而且似乎留在這裡愈久就愈不喜歡。

「這就是非得靠你不可的地方了。」凱爾彎身告訴混沌狼。

*

在凱爾和艾倫走下樓時，凱爾聽見他的計畫奏效了。小肆到處狂吠亂跑，不斷追逐魔法師。他們全想弄清楚小肆突然抓狂的原因，相信這意味聯合院開始發動攻擊。

趁小肆四處奔跑時，凱爾和艾倫直奔進入實驗室，然後關上門，把自己鎖在裡面。此時，他們才發現到裡面還有別人。埃力斯坐在地上，攤開一堆書放著形成一個奇怪的圈圈。他的眼窩深陷，皮膚像是起了斑點。

在實驗室另一頭的輪床上，有一具詭異的屍體。那雖然是成人的身體，卻擁有像是拙劣模仿了德魯孩子氣五官的怪異臉龐，彷彿是用奶油刀從血肉雕琢出來的。屍體穿著一件模仿兒童穿著的衣物：帶有馬兒圖案的襯衫，配上紅色牛仔褲。光是看到這光景，就讓凱爾的胃部一陣翻騰。

「呃。」他說：「抱歉，我們不知道這裡有人。」

艾倫只是平靜地看著埃力斯，嘴角甚至隱隱出現一絲微笑。

埃力斯撐著身子站起來，同時拿起了幾本書。他手指顫抖指著凱爾。「你！你沒有正確解釋你是怎麼做的，你說謊。」他試圖用肩膀衝撞，穿過凱爾和艾倫站的地方。

「哦，不。」凱爾伸出一隻手到埃力斯胸前擋住他的去向。埃力斯比他們兩人高，但現在是二對一，而且艾倫是死而復生，現在更具威脅性。「你得幫幫我們。」

「我什麼也不會做，除非你解釋你是怎麼讓艾倫復活——我要的是事實，而不是你說來讓約瑟大師折磨我的東西。」

「我真的告訴你事實了，只是你辦不到。」

埃力斯直視凱爾，臉上那種得意揚揚的笑容第一次消失了。他像是真正感到驚恐。

「為什麼？為什麼我做不到？為什麼我就是無法探求，然後找到他的靈魂？」

凱爾搖搖頭。「我不知道，我沒那樣做過。我們有艾倫的身體，你卻沒有德魯的，那你怎麼找到他的靈魂？」

埃力斯露出明顯的絕望神情，但是約瑟大師不願放棄，他就是希望他的兒子復活，即使這是不可能的，他還是堅持。

「所以沒有希望了。」埃力斯說。

「我不知道。」凱爾說。「你幫我和艾倫，我就幫你想辦法。」

埃力斯研究的時間比他還久——他一直鑽研這些凱爾抗拒了許多年的大魔王積分。如果埃力斯握有可以協助艾倫的線索，那就值得一試。

埃力斯看著艾倫，然後皺了眉頭。艾倫坐在剛才埃力斯坐的地板上，拿起一本書。

「他看起來很好。」埃力斯咕噥：「要幫你什麼？」

「他不快樂。」凱爾試著解釋。

埃力斯諷刺地說：「是哦，那麼，歡迎來到不快樂俱樂部！我也不快樂，如果我不讓德魯復生，我就有大麻煩了，約瑟大師一直在檢視萬能手套。」

「或許你之前不應該建議他拿萬能手套對付我。」凱爾無情地說。

埃力斯嘆氣，並沒有真的反唇相譏。「那麼我們應該找什麼魔法，好讓艾倫再度快樂起來？」

凱爾蹙眉注視著艾倫，艾倫現在坐在地上翻書，彷彿不是很關心他們的對話。

「嚴格來說，他不是不快樂。」他說：「他只是——不在正確的地方。就像搭火車要到某個車站的人，卻因為忘了皮箱只好下車折回，而現在他走錯了路。」

「哦，是。」埃力斯挖苦。「這樣清楚多了。」

凱爾不想把艾倫說的事如數告訴埃力斯，那些話似乎太私人了。不過，他還是再繼續努力解釋了一次。「艾倫沒有任何魔法了，是，你奪走了他身為喚空者的能力，但他應該還是魔法師，對吧？但他不是了。不管是什麼切斷了他和魔法的連結，那可能就是他身上缺失的那一部分，使他無法感覺完整。」

埃力斯猶豫了一下。

「而且——」凱爾又說：「如果你帶回沒有魔法的德魯，約瑟大師可就沒法真的高興激動了。」

埃力斯浮腫的雙眼怒視著他。「沒錯。」他不情不願地說：「好，你有什麼建議？」

「我們在教誨院學過觸靈術。」凱爾說：「我覺得我應該試著查看一下艾倫的靈魂，看看能不能找出問題所在。」

「那麼我要幫什麼忙？」埃力斯質問。

凱爾深深吸了一口氣。「你比我們年長，而且研究這件事也更久，所以想想我們還能檢視什麼。」

「如果我們找不出任何不對勁的地方呢？」

「我可以把我更多的靈魂給他。」凱爾低聲說：「或許我只是給的不夠多。」

埃力斯搖搖頭。「你是自找死路。」他終於說道：「艾倫，起來到實驗桌上。」

艾倫凝視已有一具屍體躺著的輪床好一陣子，然後說：「不，我不要。」

「況且上面已經有人了。」凱爾說。

「我們可以把那具屍體丟到地上。」埃力斯說，艾倫回以厭惡的眼神。

為了避免這種狀況，凱爾從角落拖來一張堆滿書的桌子到實驗室中央。他們清光桌面，艾倫爬上去躺下，雙手交握放在胸前。

凱爾深深吸了一口氣，覺得不太自在，他努力回憶以前是怎麼看到艾倫的靈魂。這部分必須由他單獨進行，埃力斯不配看別人的靈魂，尤其是艾倫的靈魂。

凱爾閉上眼睛，深呼吸，開始進行。這比在教誨院那時困難，艾倫復生的身體似乎排斥著凱爾，不讓他看透或探向靈魂。一團朦朧黑暗包圍住它，他努力回想起記憶中的艾倫——艾倫大笑，在大食堂毫無怨言吃著地衣，分類沙子，和塔瑪拉共舞。但是，這些回憶依舊只是隱約浮現，最明顯突出的仍是當時冰冷靜止躺在這實驗室檯面上的艾倫屍身，

他努力想起當時把自己的靈魂碎片置入艾倫體內是怎樣的光景，就像電流在黑暗中點亮了金屬。這個記憶襲來，他終於感覺到前往艾倫自身存在的一條通路。他見到靈魂的亮光，白皙清楚，帶著一種完完全全屬於艾倫的金色光芒。

但是黑暗的觸手纏繞著它，勾住不放，就像藤蔓緩緩匍匐伸根進入建築物，直到石

材碎裂。他的身體似乎搏動著混沌能量。凱爾用他的心靈觸探，卻只感覺到一片淹沒他的冰冷。

身體，艾倫的身體不太對勁。

「你們在做什麼？」實驗室的門砰然打開。凱爾暈眩地靠向桌子，埃力斯則驚叫了一聲，往後跳開。

是約瑟大師，他看起來怒不可遏。

第十三章

凱爾往後退離艾倫一步，卻踩到散落的書本險些跌倒。凱爾感覺像是從未見過眼前的約瑟大師，他雙眼圓瞪，滿懷怒火，而且一隻手戴著萬能手套。

看到萬能手套，凱爾倒抽了一口氣。

在以前，即使是在盛怒之中，約瑟大師一直都保護著凱爾。即使是在死神敵的墓室，他都擋在凱爾身前，準備犧牲自己來拯救凱爾的性命。但是現在，他卻像是毫不留情想除掉凱爾。

「我——我在幫——幫艾倫。」凱爾結結巴巴。

「你不能插手你已經完成的事！」約瑟大師口沫橫飛大吼大叫。「如果沒有起死回生的事蹟，我們就什麼也不是！魔法師會推翻我們，我們就毀了。只有永生的力量才足以擴張我們的軍隊來擊敗聯合院！」

桌上的艾倫此時坐了起來，像是毫不畏懼剛才這一番叫嚷，只是無動於衷盯著約瑟大師。

「好，好。」凱爾舉起雙手安撫。埃力斯早已退後，他貼著牆壁站著，離約瑟大師遠遠的，面如死灰。凱爾從未見過埃力斯這樣的神情，這使他更加害怕。「別生氣，這裡一切都沒問題。」

約瑟大師一個箭步走向艾倫，然後抓住艾倫的脖子，抬起他的頭來細看，彷彿盛怒的車主在檢視他的賓士車有沒有刮痕。

「凱爾倫姆似乎決意讓我知道，他的麻煩程度遠勝於他的價值。從一開始，他就違抗我，嘲弄他的角色，輕視授予他的偉大榮耀，他一再又一再擲回我的忠誠和犧牲。好，凱爾倫姆，我想我已經受夠你不斷破壞我的計畫了。」

「我不是在針對你啦！」凱爾說：「很多人都覺得我真的很討厭，不是只有你。」

「凱爾只是想要幫我。」艾倫掙脫約瑟大師的掌握，臉上出現幾乎像是恐懼的神情。

「你不需要幫助！」約瑟大師厲聲說道，這次抓住了艾倫的肩膀。「你不應該被改動！」

「放開我。」艾倫推開約瑟大師的手。「你不知道我需要什麼！」

約瑟大師咆哮：「住口，你不是人，只是東西，一個死掉的東西。」

艾倫的手臂倏然伸出，他掐住約瑟大師的喉嚨，這一切發生得太快了，快到凱爾只倒抽一口氣，來不及採取其他行動。

約瑟大師張開手，像是要使出火焰。但是艾倫抓住他的手臂扭到背後，另一隻手繼續壓迫約瑟大師的喉嚨。約瑟大師死命掙脫，努力呼吸，目光開始渙散。

「不要。」凱爾大叫，終於了解到艾倫的意圖。「艾倫，不要！」

但是凱爾已經下令艾倫永遠不要遵從他，所以艾倫沒有理會他。艾倫逕自收緊手指，此時出現一個爆裂聲，就像踩到樹枝時的聲響。

約瑟大師的眼睛失去了神采。

凱爾喘息，盯著艾倫，不願相信他的朋友，他最親密的朋友，而且是他所知道最好的人，居然作出了這種事。凱爾第一次覺得害怕——不是為艾倫感到害怕，而是害怕艾倫本人。

埃力斯發出一個詭異的聲音，最後吐出來的是一再又一再，不斷重複的「不」。

艾倫放開約瑟大師，往後退了一步，他盯住自己的手，彷彿現在才了解到自己做了什麼，彷彿深感疑惑地看著約瑟大師的身體跌落地面

你只是個東西，一個死掉的東西。

約瑟大師跟之前的德魯一樣，砰然倒在凱爾腳邊。**約瑟大師一家子認識我真是倒了**

大楣，凱爾略微歇斯底里地心想，但是這件事一點也不有趣。

埃力斯跪下來，望著約瑟大師的屍體。「你——你可以讓他復生。」埃力斯說。

「但是我不願意。」凱爾不假思索脫口而出，他更加驚訝的是，埃力斯居然會開口要求——畢竟約瑟大師曾用萬能手套威脅埃力斯，又輕蔑地貶低他，埃力斯卻只是心急如焚看著約瑟大師的屍體。

「你一定要。」埃力斯說：「必須有人來領導我們。」

艾倫茫然看著自己做的事，就算有懊悔之意也沒顯現出來。

埃力斯流淚爬向約瑟大師的屍體，但是他沒有碰觸死去的魔法師，而是伸手取下萬能手套，捧在胸前。凱爾發現自己真是笨蛋，居然沒有先拿走它。

「呃，埃力斯。」凱爾說：「你在做什麼？」

「我從沒想過他會死。」埃力斯聽起來不像在對凱爾說話，他的聲音細微，像是在自言自語。「他是個偉大的人，我以為他會讓我隨侍一旁，帶著我率領軍隊。」

「他是個邪惡的人。」凱爾說：「就某方面來說，魔法世界大戰、月成的死，甚至德魯的死這種種一切，都是他的錯，他傷害了人們。」

「他是你之所以重要的唯一理由，他相信你，而你卻只想把他留在這裡？」

「就像你之前對我做的事嗎？」艾倫說。他滑下桌子，走過來站在凱爾身邊。

「我那樣做不是為了證明我比死神敵更優秀。」埃力斯咆哮，手中仍緊緊抱住萬能手套。

「對。」凱爾說：「你那樣做只是要證明你就跟他一模一樣。」他走向門口，艾倫跟著他身後。到了門口時，凱爾轉身。「我們要走了，聽著，我知道你心煩意亂，但是你可以運用你的混沌魔法，在這世界行善。你還是可以揚名立萬，可以擁有強大力量，卻**不是**屬於邪惡的一方。約瑟大師走了之後，這一切都可以結束了。」

埃力斯疲憊地看著他。「善與惡。」他說：「這有什麼不同？」

凱爾期待艾倫能說些什麼，期待他能指出埃力斯必定知道其中的差別——但是他沒有，或許這個艾倫也分辨不出來。

凱爾和艾倫在沉默中穿過走廊，小肆很快就加入他們，牠的耳朵向後揚，尾巴卻搖個不停。腳步聲在屋內迴盪，卻沒有人阻止他們通往大門，他們走進草地。

「我們要去哪裡？」艾倫問。

「我不知道。」凱爾說：「總之離開這座島，離開一切。」

「我要跟你一起走嗎？」艾倫似乎已經了解到殺死約瑟大師的這件事，在凱爾眼中可能很嚴重。或許部分的艾倫也對此感到困擾，或許他想起有過那麼一段時間，他永遠不可能會那樣冷血地徒手殺害別人。

「你當然要一起來。」凱爾說，但艾倫可能已聽見他語氣中的遲疑。

「好。」艾倫說。

他們開始順著道路走向樹林，然後就沿著樹林外圍一直走。凱爾的腳沒多久就開始疼痛，但他不想放慢腳步。他任由痛楚出現，任它愈變愈強烈。痛又怎麼樣？跛腳又怎麼樣？疼痛讓他可以更清晰感受一切。

艾倫走在他身邊，似乎也陷入自己的思緒之中。令人害怕的是，時間愈久，凱爾就愈覺得不像是他的朋友在陪他，而更像是混沌獸走在他身邊。就連小肆似乎也避著艾倫，牠只走在凱爾那一側，從來不跑過去討拍。雖然小肆昨天有用鼻子推推艾倫討拍，但顯然混沌狼認為艾倫返回人世間後就已經變了。艾倫已經變了，但為什麼會發生這種事呢？

至少，他們現在走到水邊了。凱爾聽到水波拍打著岸邊，然後突然間，這聲音卻被轟隆隆的引擎聲給淹沒。眾多卡車從路上疾駛而來，上方有一隻綵帶般的元素獸劃破天際。

凱爾轉身，抓住艾倫的肩膀，把他推進樹林。「快跑，我們得快跑！」他說，雖然他知道自己的腳讓他無法迅速行動。

但此時，雨果從樹林裡現身，後方跟著一批魔法師，而簇擁在他們後方的是埃力斯的混沌獸。

即使約瑟大師死了，凱爾和艾倫還是不得離開。

「我是死神敵！」凱爾大喊。「由我發號施令，你們應該聽從我的指揮，我說你們回屋子去！一切結束了。我是君士坦．喚豐！我是死神敵！而我說，一切結束了！」

雨果往凱爾走了一步，臉上掛著微笑。凱爾恐懼俱增，因為他發現到這些魔法師不只是他之前見過的那些，不只是圓形監獄的逃犯，或像傑弗瑞那樣的實習生，還有別人。有些人甚至穿著聯合院的長袍，他們必定是才剛抵達，這些叛徒前來，準備為錯誤的一方作戰。凱爾甚且認為自己看到了賈思珀的爸爸。

小肆開始放聲吠叫。

「你或許擁有君士坦的靈魂，但不是由你發號施令。」雨果說：「約瑟大師留下非常明確的指示，如果他有所不測，我們就應該追隨埃力斯．史特賴克，而埃力斯命令我們帶你們回去——如有必要，就採取武力。」

「但是，我是死神敵！」凱爾說：「聽著，我可是讓艾倫復活的人。你們來這裡是為了解開死亡的秘密，對吧？我才是解開死亡鎖櫃的密碼！通往死亡後院詭異棚屋的鑰匙！」

凱爾說畢，全場一度沉寂。他不知道這番邏輯有沒有沖昏他們的頭，在現下這一刻，他只希望他們可能會真的放他離開。

「或許，你是……你說的這一切。」雨果說：「但是你還是得回到主屋，很快就會出現一場戰役，我們所有人都需要準備妥當。對你和對艾倫來說，待在樹林都不安全，聯合院的偵察員可能會出現在任何地方。」

「我不會跟你們回去。」凱爾揚起手，召喚混沌。或許，如果他對他們展現出他的本質和他的本事，他們就會放他走。或許，如果他們了解他打算抵抗，他們就會擔心傷害到他。力量在他的體內慢慢積蓄，在剛才嘗試探究艾倫的靈魂出了什麼問題時，他幾乎已耗盡心力。加上靈魂有殘缺，他感覺好虛弱，他需要更多力量。

習慣使然，他探向艾倫——他的平衡力。但是探向艾倫，卻像是伸手探向冰水。一陣黑暗冰冷的虛無淹沒他的心靈，凱爾大叫一聲，他的世界便陷入黑暗之中。

*

凱爾醒來時，發現雙手被綁在背後，頭斜向一方。剛恢復意識時，他一度以為自己回到了圓形監獄。直到看見周遭環境——約瑟大師令人發毛的維多利亞式客廳——他才想到所發生的一切。約瑟大師……塔瑪拉……艾倫。

艾倫。

他低頭一看，看到自己被綁在椅子上，腳踝被緊緊綁在椅腳，手腕被綁在背後。

「你醒了。」艾倫在他背後說道，聲音近到讓凱爾確信艾倫也被綁在椅子上——而且椅子很可能還綁在一起。凱爾略略拖動腳步來測試他的推論，而他感覺到的重量證實了他的想法。

「發生什麼事了？」凱爾問。

艾倫挪動了一下重心。「你看起來像是準備施展魔法，卻突然昏倒了。我沒有魔法，所以無計可施，小肆也是。他們把我們綁起來，埃力斯四處來回，發號施令。我想雨果說的是實話，就要開戰了。」

「真的是由埃力斯掌管大局？」凱爾不敢置信地問。

「他聲稱——」艾倫開口，但來不及說完話。雨果就走進來，埃力斯出現在他身後。房門打開時，凱爾聽見安娜絲塔西亞在對其他魔法師說話，他甚至一度認為聽見了熟悉的聲音，只是無法確切指出身分。

埃力斯穿著一件鈕釦扣到脖子的黑色長外套，髮絲仔細從臉龐往後梳。他看起來不再疲憊驚嚇，而是眼神閃耀，一隻手戴著萬能手套，萬能手套閃閃發光像是才剛打磨抛光。

「這是來真的嗎？你看起來好像要準備參加下一部《駭客任務》的電影試演。」凱爾說，但旋即了解到被綁在椅子上時，他或許不該這麼無禮。

「現在由我掌管一切，我早該這麼做了。」埃力斯說：「我擁有君士坦所有的知識，和約瑟大師所有的專業技能，我是新的死神敵。」

凱爾只能咬住嘴唇，克制自己別再開玩笑。

「我可以把你的喚空者力量轉換到我身上，成為有史以來最強大的混沌魔法師。凱爾倫姆，看你是要順從，還是要成為我忠實的部下，不然我就當場殺了你。」

「真是好有說服力的提議呀！」凱爾說：「但是你確定萬能手套有那種功用？」

「你不能殺他。」艾倫輕輕說：「就像你不能殺我一樣，沒有我們，你就無法維持你的軍隊。」

埃力斯嘴唇扭曲成一個冷笑。「當然可以。」

「當然不行。」凱爾順著艾倫的語鋒說道：「他們在意的是死者復生，是我辦到的，不是你，而且大家都知道。」

「他說得對。」艾倫說道：「他們是來追隨凱爾和約瑟大師，不是名不見經傳的少年。」

埃力斯輕蔑地說：「拜託，凱爾已經解釋了怎麼帶回死者。他使用了自己的靈魂，只要我想，隨時可以作出同樣的事，所以我再也不需要他了。當然，我需要你，你才是這項成果的證據，而他是可以拋棄的。」

「如果他死了，我就不會幫你。」艾倫冷漠地說：「反正，我可能也根本不會幫你。」

埃力斯一副像要跺腳的模樣，但最後他從外套內側口袋抽出一把刀。一把鋒利駭人的弧形刀，讓凱爾想起他留在教誨院的匕首「彌拉」。他勉強擠出笑容。「好了，凱爾，你是要賭賭看我會不會下手，還是承諾你會忠心？在即將到來的衝突中，你是否會替我們而戰？」

「我會替你們而戰。」凱爾說：「畢竟，我和艾倫也沒有別的地方可去。你可見到我跟著塔瑪拉和賈思珀一起逃跑？你難道沒聽說我告訴整個聯合院，我不是被迫關在這裡？大家都討厭我，早就應該由你領導。」

埃力斯露齒一笑，彎下腰用刀子劃過綁住他們的繩子。凱爾起身，傷殘的那隻腳疼痛不已，艾倫也跟著慢慢站起來。

「來吧。」埃力斯說完就大步走出房間。

太陽在凱爾和艾倫被綁的期間已經西下，他們跟在埃力斯身後穿過房子走廊，窗外一片漆黑。經過客廳時，凱爾見到魔法火焰的光球照亮了屋子外頭的那一大片草地。

他們走到屋外的門廊，站在那裡凝視眼前的景象。埃力斯在他們身邊得意地笑著，這片草地在閃動火花的照映下，有如詭異的戰場。一群身著聯合院綠袍和教誨院黑袍的魔法師面向房子，而背對房子的是約瑟大師的武力。

現在，他們成了埃力斯的武力。凱爾大多只見到他們的背影，但人數的確不少，他像是認出了雨果和其他一些魔法師。他們在屋子前面排成好幾列，形成厚厚的人牆，他們帶著冷酷堅硬的決心，直視前方。

在他們和聯合院魔法師之間有一道大約一個足球場長度的缺口，凱爾移向門廊的欄杆，聽見一聲吠叫。

「小肆！」他說。混沌狼繞過房子側面，跳上臺階，熱切貼向凱爾的腳。凱爾痛得退縮了一下，但還是彎身撥弄了小肆的毛髮。看到小肆真是讓人欣慰，他的朋友中唯一沒有改變的就是牠了。

他趁機斜眼瞄了艾倫一眼，艾倫的輪廓在橘紅火光之中顯得清晰無比，使得他的綠色眼眸彷彿更為深沉。他想到艾倫掐斷約瑟大師喉嚨的情況，就讓他內心疼痛。就某方面來說，他現在比艾倫死掉時，更加想念艾倫。就好像他雖然讓艾倫復生，但從那個時候開始，造就艾倫本質的每一件東西就有如河上飄起的薄霧，開始從他身上蒸發散去。

但是為什麼？這個想法一直挑動凱爾的心靈邊緣。問題是出在艾倫的身體，如果他把他放入不同的身體——如果他移動艾倫的靈魂，就像君士坦移動他自身靈魂那樣——那是不是會有所不同？

小肆又叫了一聲，只見前門開了，安娜絲塔西亞現身，走上門廊。她穿著現在已恢復乾淨的銀白色盔甲，頭髮往上梳交繞成一個大型髮髻，腳步輕巧地滑向凱爾。

「凱爾倫姆。」她說：「我很高興你明白事理，決定和埃力斯並肩作戰。」

「我沒有明白事理。」凱爾說：「他只是威脅說，不然就要殺掉我。」

她眨了眨眼睛。凱爾不禁好奇，這難道對她無關緊要嗎？埃力斯可能殺害君士坦的靈魂耶？不管安娜絲塔西亞為了接受兒子的所作所為，並且不計一切讓他復活，而在很久很久以前作了怎樣的妥協，現在這似乎都已讓她的心智蒙上一層霧氣。

她說：「等戰爭一結束，我們就找個地方，讓月成復活，大家再和睦地生活在一起。」

「安娜絲塔西亞，夠了。」埃力斯說：「約瑟大師容忍這樣荒謬妄想，但我可不會。凱爾倫姆不是妳的兒子，我不在乎妳怎麼想。他不是君士坦，妳對他的任何奉承乞憐不會有什麼差別，他不愛妳。」

安娜絲塔西亞的神情立刻變得尖銳了，模糊的霧氣消散了，凱爾不知道埃力斯會不會喜歡霧氣底下的面貌。

「埃力斯，你應該記住你需要我。」安娜絲塔西亞說：「還有我的元素獸。」

「而妳應該記住，如果妳要認定誰才是妳的兒子，那應該是我。」

「我認識凱爾的靈魂，不是你的。」安娜絲塔西亞說，只是凱爾不認為這是實情。

埃力斯神情扭曲。

「那裡有動靜了。」艾倫打岔，一副剛才根本沒人在說話的樣子。埃力斯狠狠瞪了他一眼，凱爾環顧了這座島。

的確，混沌獸軍團已從湖底被動員前來，牠們井然有序列隊，身上衣物因長期浸在水中而破爛不堪。元素獸聚集在牠們附近，纏繞在樹林間如空氣般的長蛇，還有燃燒的蜥蜴，由岩石形成的巨蛛。凱爾沒見到水元素獸，但要是真有的話，牠們可能在水中翻騰。

凱爾再次望向魔法師，他剛才認為自己聽見了熟悉的聲音，而現在他發現自己認得其中幾個人。一些聯合院成員站在雨果附近，還有一些他從教誨院認識到的學員父母。看到賈思珀的爸爸也在場，讓凱爾猛抽了一口氣。

但是穿過群眾走向埃力斯的人，卻給了凱爾更大的震撼——塔瑪拉的姐姐綺米雅。不一會兒，她就投向埃力斯的懷抱。「我好高興你沒事。」她氣喘吁吁地說。

就連埃力斯都像是驚訝萬分。「綺米雅？」

「綺米雅，妳在想什麼？」凱爾質問。「妳應該和妳的姐妹同一陣線。」

綺米雅生氣地轉向他。「拉雯不是我姐姐。」她說：「她被火元素毀滅了，現在，她是怪物。我最好的朋友珍妮佛死了——」她的雙唇顫抖。「我痛恨死亡。」她說：「如果埃力斯要摧毀死亡，那麼我就要加入他。」

埃力斯越過綺米雅的頭，帶著優越感看了凱爾一眼。「親愛的，去為妳自己找件武器吧。」他撫著她的烏黑長髮說道：「我們將並肩作戰。」

綺米雅的身影消失在屋內，埃力斯對著凱爾咧嘴一笑，凱爾差一點克制不住自己，只想撲向埃力斯勒死他。不過，埃力斯打斷了他的思緒。埃力斯走過來，用沒戴萬能手套的那隻手抓住他的上衣後方。而他身邊的雨果，抓住艾倫。

「各位忠實的信徒！」埃力斯大喊，然後凱爾和艾倫都被推向前，走下階梯，進入由幾個魔法師所投射的明亮聚光圈中央。「他們在這裡！凱爾倫姆・亨特，君士坦・喚豐的化身，還有他最偉大的成就——死而復生的艾倫・史都華！」

一陣歡呼響起，凱爾聽到人們高喊艾倫的名字。他覺得頭暈目眩，這就好像當時艾倫被宣布出他的喚空者身分，是教誨院的英雄，然而卻完全不是這麼一回事。

「而現在——」埃力斯開口，但雨果打斷他。

「史特賴克大師。」他說：「你看，那邊有人揮動著談判旗。」

「他們投降了？」埃力斯語氣失望。「這麼快？」

雨果搖搖頭。「這表示他們想在開戰前先談判。」

「他們傳來一個訊息，想要談談。」安娜絲塔西亞大步向前，神情緊張。「但是只跟凱爾談。」

「不。」埃力斯說：「我不准。」

艾倫像是準備替他說話，但凱爾的手放在艾倫手臂上。

「對。」他對埃力斯說：「他們知道軍隊少了我就沒用處，所以可能會抓住我。」

「率領軍隊的人是我。」埃力斯激烈地回答。

凱爾得意地一笑。「我仍然是死神敵。」

埃力斯轉向安娜絲塔西亞，看起來暴躁到想要跺腳。「為什麼他們要跟凱爾倫姆談話？」

綺米雅又出現了，她從屋子走出來，手中拿著一把石斧。上面雕刻著無數的大氣和大地符號，凱爾猜想這樣可能會讓它變得輕盈好拿。「那是塔瑪拉的主意。」她說：「塔瑪拉說服爸媽，說可以信任凱爾，說可以相信他的話。」她搖搖頭。「說真的，我認為她只是想再一次道別。」

埃力斯臉上出現一抹殘酷的獰笑。「凱爾倫姆，我倒是不知道你和塔瑪拉有這麼一段。」

「不是那樣。」凱爾的哀鳴語氣聽起來太可笑，可笑到讓艾倫揚起眉毛，他看得出凱爾在裝模作樣。

「我錯了，凱爾倫姆•亨特，你要過去。」埃力斯大笑說道，顯然相信他讓凱爾心煩意亂。「你要過去，按照我要你說的話去說。你把我的話帶給聯合院的魔法師，他們就會知道誰才是這軍隊的真正領導者。」

凱爾想要擺出悶悶不樂的樣子，心中卻翻騰不已。這是他幫忙聯合院的機會，但要怎麼幫？

他深深吸了一口氣。他需要讓他們知道即將對抗的軍隊狀況，元素獸、混沌獸和魔法師的大約數目。他們會想知道這個資訊，會想知道約瑟大師已經死了。

「別回來了。」艾倫對他低語。

凱爾搖搖頭。「然後把你留在這裡？不。」

艾倫沒再多說什麼，他沒堅持，也沒有解釋。

「我聽到了。」埃力斯說。他看起來像是黑色猛禽，他一身黑，那雙細眼怒視聯合院的魔法師。「凱爾，我會監視著你，看你是不是投向他們。如果你膽敢背叛，如果你敢這麼做，我就會命令每一隻混沌獸發動攻擊，直到殺掉你才住手。」

綺米雅驚呼一聲。凱爾轉頭看到一條火線從聯合院魔法師陣中射出，越過無人的草地，朝著埃力斯的軍隊前進。

草地並未燃燒——火焰像是航行在上頭，逐漸滑翔擴大。埃力斯瞇起眼睛。「他們攻過來了。」他說：「凱爾，協助我命令混沌獸——」

「不對。」綺米雅抓住埃力斯的手腕。「那是拉雯。」

「她在攻擊！」埃力斯的聲音高亢刺耳，但拉雯已經來到他們身前。她變成從草地豎起的一道火柱，橘色烈焰中有縷縷的灰色濃煙。

濃煙聚合，愈來愈具體，最後一個灰色女孩出現在他們眼前。她看起來像是真正的實體，灰煙洋裝的縐摺在她身邊飄揚，原本烏黑的長長髮絲，現在閃爍著銀灰色的光澤。她的臉讓凱爾想起塔瑪拉，使他內心深處一陣糾結。

三名魔法師在她和埃力斯的軍隊之間張開一道冰盾，她只是放聲大笑。

「我來護送凱爾倫姆・亨特到談判的地點。」她說：「我現在很平和，但要是你們攻擊我，我會燒掉方圓一哩的土地。」

她真能辦得到嗎？凱爾心想，而這場魔法戰役會導致怎樣的最壞後果？

「怪物。」綺米雅以厭惡的語氣說。

拉雯揚起一邊嘴角輕笑。「妹妹。」她對綺米雅說，然後伸出一隻手，示意要凱爾走在她前頭。「凱爾倫姆，我們可得加快腳步。」

凱爾看了艾倫一眼，表示他會回來，這才繞過冰盾，跟著塔瑪拉的姐姐越過草地。一切安靜到了詭異的地步。在他們橫越草地時，幾乎完全無風，讓拉雯得以保持她的人類形體。等他們接近另一側時，凱爾看到有三個人在等著他。如佛大師的深色皮膚映著聯合院深橄欖色的長袍，身影尤其明顯。塔瑪拉站在他身旁，她穿著學校制服，白色制服讓她的頭髮格外烏黑。在塔瑪拉身邊的是賈思珀，見到凱爾走近時，他的表情顯得茫然卻憤怒。

凱爾走近後，拉雯開始消散。灰燼一波波從她身上落下，在她熔解時，她一度盯著凱爾，橘色的眼眸充滿火焰。

「別傷害我妹妹。」她低語：「她喜歡你。」

然後，她就離開了。

凱爾在他們面前停下腳步——他的朋友、一度的女朋友，以及原本的導師。誰都沒有說話。

「凱爾——」塔瑪拉終於開口。

「我沒有太多時間。」凱爾打斷她。他不認為自己承受得了親耳聽見她要說的事，他開始滔滔不絕迅速說著，沒有直視任何一人的目光。他開始概述埃力斯軍隊的組成，還有約瑟大師的遭遇。在他說話的時候，聯合院一個成員——葛雷夫——離開其他人，大步走向他。葛雷夫從來就不是凱爾的忠實粉絲，而凱爾努力不理會他在現場。

等凱爾逐漸說完之後，如佛大師的表情從漠不關心，變得關切擔憂。

「凱爾倫姆。」他終於打斷他。「你是在跟我說，約瑟大師死了？而埃力斯・史特賴克和安娜絲塔西亞・塔昆一起領導軍隊？」

凱爾點點頭。「只是，主要是埃力斯在主導。聽著，我投降了！我投降了！這只是一個天大的錯誤，你們只要承諾艾倫不會有事，我會做任何你們要我做的事。」

提到艾倫的名字，他們的表情全都暗了下來。葛雷夫用細瘦的手指指著他。「凱爾倫姆・亨特，你所做的事可能在魔法世界製造了一個永遠也無法修補的裂縫。死者不該復生，艾倫必須被摧毀，就算不為其他，也該為他的靈魂著想。」

「你們就是這麼想的嗎？」凱爾轉向塔瑪拉。

她的眼眸閃爍，像是強忍住淚水，不過她的語氣卻很堅定。「我認為你喚回了部分的艾倫，卻不是全部的他。」塔瑪拉對他說：「我認為他不會想這樣子活著。」

但要是我已開始了解到我是哪個部分出了差錯呢？他想要問她，卻已經知道答案

了，太遲了。要是我還是能修正錯誤，修正他呢？

凱爾不確定這是否可能，那只是他心靈深處的一個初期想法。是關於艾倫的身體，那個身體已經死了——而他的身體在被君士坦推入靈魂時還活著——

不過，他心中的想法可能永遠無法執行。

也永遠不該執行。

「讓艾倫自己選擇吧。」凱爾看著他的鞋子說。

「說得一副他會作選擇似的。」葛雷夫輕蔑地說：「他甚至可能連話都不會說吧？」

塔瑪拉脹紅了臉，凱爾怒視葛雷夫。「會，他會自行作選擇，殺掉約瑟大師的人就是他，而且他是自己決定的。」

塔瑪拉驚呼一聲。「艾倫殺了約瑟大師？」

「對。」凱爾說：「他應該獲准自行決定自己的生死和去向！我讓他復活，這是我欠他的。」

「這無關緊要。」葛雷夫說，不過看起來有點動搖。

「你們不能回教誨院。」

「那麼送我回圓形監獄。」凱爾說：「把我關起來，就是不要關他。」

「你不能回來我們這邊，凱爾倫姆。」如佛輕輕說，但葛雷夫打斷他：「我們和你談判不是想幫助你和你製造的怪物，我們要求和你談話是因為你的家人和朋友相信可以說服你作出正確的事。」他環顧四周，像是不敢相信凱爾的朋友居然這麼愚蠢。

「正確的事？」凱爾重複，不太確定他們想做什麼提議，他唯一確定的是，他不會喜歡的。

葛雷夫繼續說：「我們以前曾經和死神敵的軍隊作戰，沒錯，埃力斯的魔法資歷或許比較弱，但是他的軍隊可不是。況且，他還是喚空者，而我們這一方再也沒有喚空者為我們效力。」

凱爾張開嘴巴，但是賈思珀搖搖頭，就這麼一次凱爾遵從了。他真希望爸爸有獲准來參加這次的談判。他想像阿勒斯泰必定有爭取要過來，但是他明白他們不准他參加，因為阿勒斯泰必定會單刀直入，告訴他真實的情況。

「我們出現了比預期更多的叛逃者和叛徒，只有一個方法可以一勞永逸終結這件事。你必須使用你的混沌魔法來毀滅埃力斯・史特賴克——還有你自己。」

凱爾倒抽了一口冷氣。

「什麼？」賈思珀不敢置信。

塔瑪拉爆怒。「我們說好的不是這樣！而是他除掉約瑟大師之後，就既往不咎！」她轉身面對凱爾。「我告訴他們，你宣稱自己是死神敵並不是真心的，你只是故意這樣說，埃力斯和約瑟大師才不知道你站在我們這一邊。凱爾，我知道你讓艾倫復生，只是因為你在意他，而不是因為其他理由。」

「葛雷夫，這讓人太難以忍受了。」如佛說：「他只是個孩子，你不能要求他自殺。」

「他是死神敵。」葛雷夫說：「他親口說的。」

凱爾開始往後退，他覺得反胃，如佛大師可能會爭辯，但聯合院已經決定了，而且是聯合院掌握大權。他們要他死，他已無能為力。

「凱爾。」如佛大師說：「凱爾，回來──」

但是凱爾已經走了，他跑過草地奔向埃力斯的軍隊、奔向安娜絲塔西亞和混沌獸。他花了那麼多時間想要逃離他們，他從未想過自己有逃向他們的一天。

小肆吠叫著跑來迎接他，牠閃爍的眼睛在月光下有如星火般閃耀。凱爾抓著牠的鬃毛，半是靠在混沌狼的身上跑完之後的路程，傷腳的痛楚已直衝腦門。

他原本想要直奔房子，但太多混沌獸和聯合院叛徒擋住了去路。埃力斯站在綺米雅和安娜絲塔西亞身邊，咧嘴大笑。艾倫微微站在他身後，而雨果的一隻手放在他肩膀上——並非出自友善，而是帶著警告意味。

「凱爾，那麼你喜歡他們的提議嗎？」埃力斯說：「綺米雅告訴我，他們要你犧牲自己來除掉約瑟大師。她偷聽到葛雷夫這麼說，真高興知道教誨院有多看重你，是吧？」

凱爾的心情更加沉重，這就是埃力斯放他去會談的原因。不是因為他信任凱爾，或是因為他被凱爾佯裝困擾的表現給矇騙，而是他相信凱爾不會犧牲自己。

而且他的判斷沒錯，凱爾逃離了聯合院的魔法師。凱爾想到他一年級剛開始學習魔法時，他私底下編造的五行詩：**凱爾欲活**。

「塔瑪拉——」綺米雅問：「塔瑪拉還好嗎？她不會加入戰鬥，對吧？」

凱爾張開嘴巴，但又決定合上。綺米雅不配知道塔瑪拉的事，在她拋下妹妹之後，不配佯裝關心塔瑪拉。

「我有萬能手套。」埃力斯舉起手。「凱爾，你要和我們並肩作戰，不然你就得死，而艾倫也會死，你現在聽懂了吧？」

凱爾深深吸了一口氣，努力穩住自己。他好想尖叫，好想痛哭，但是他都不能夠。

「對，他們對我作出了一個無禮的提議。那又怎麼樣？他們早就捨棄我了。」凱爾直視埃力斯，試著把怒氣轉換成自信。「我早就說過，我已無處可去。」

埃力斯撇嘴笑了笑。「很高興聽到他們沒讓你改變心意。」

艾倫走向他，但沒問他好不好，沒把手放在他肩膀上。「今天會有很多人死掉，是不是？」他反倒這麼問，聽起來也沒有特別關切，只有好奇。

「我想是的。」凱爾說。現在的狀況仍舊像是不可能，而且愚蠢，但就是發生了。很多人——很多的好人——就要受到傷害，他們就要像他媽媽那樣赴死。

「你到左翼領導死神敵的混沌獸軍團。」埃力斯對他說：「我在右翼率領我自己的軍力。安娜絲塔西亞帶領空中的元素獸，雨果率領魔法師，他們會在保持安全距離之下支援我們，我們會擊敗他們。你不介意到前線作戰，是吧？」

「當然不介意。」凱爾說。他確信埃力斯認定君士坦的混沌獸是最可以消耗的戰力，而且打算一有機會就犧牲掉凱爾，甚至可能安排一個小意外。

「艾倫跟著我。」埃力斯說，看樣子「意外」似乎更可能發生了。

「我不想。」艾倫平緩的語調讓凱爾有點緊張。

「不過，你還是要。」埃力斯說：「不過別擔心凱爾，他不會孤身一人，小肆會陪著他。」

混沌狼聽到牠的名字，順勢叫了一聲。

凱爾看向艾倫，要不是埃力斯打算讓凱爾前往最為兇險的地方，而這意味艾倫同行也會置身險境的話，他原本也想堅持讓他的朋友跟著他。

他在召喚混沌獸前來，命令牠們排成整齊的隊伍時，心中一直想到葛雷夫對他說的話。眼前的混沌獸有如玩具兵，體量龐大駭人。

自從發現自己的靈魂曾經屬於君士坦之後，凱爾就一直竭力避免現下這個時刻。他一直害怕自己會變成死神敵，害怕自己會成為痛苦、恐懼和死亡的源頭。他一直努力作出良善的選擇，但雖然每個選擇本身似乎都是良善的，卻還是讓他走到這個地步。

他想要找藉口，但藉口不重要。葛雷夫是個混蛋並不重要，因為他說得對。就算這些都不是凱爾的錯，他還是唯一可以修正一切的人。

他只需要想出執行的辦法。

「行動。」埃力斯說：「命令牠們！」

「好。」凱爾對他的混沌獸說：「行動的時間到了。」

「是──是。」牠們低沉發出只有凱爾聽得懂的語言，然後開始移動。

牠們的腳步轟隆隆踩過地面，朝著聯合院軍隊不斷集結的水岸前進。上方的空中傳來元素魔法的爆裂聲，埃力斯的混沌獸和魔法跟在牠們後頭。

凱爾這一生從未感覺到這麼措手不及，**這就像鍛鐵試煉**，他對自己說，**只要想辦法失敗就好**。

他打算確保他們這一方漂亮地輸掉這戰役。

第十四章

這感覺就像凱爾看到的上次魔法世界大戰的照片，當時真諦・塔睿思死於迎戰君士坦・喚豐的沙場上。

只是現在，換他成了真諦，準備慷慨就義。艾倫曾經告訴凱爾，他害怕自己會像真諦那樣死在戰場，成了為魔法師聯合院犧牲的喚空者。不過，會那樣死去的卻是凱爾，是聯合院憎恨的凱爾。

就某方面來說，他既是真諦也是君士坦。他心中想著這兩人，在小肆隨侍一旁的情況下，率領混沌獸前進。他可以聽見牠們用奇異的死亡語言低語著，向他尋求指示，詢問他的打算。

從西邊而來的聯合院魔法師慢慢接近他的側翼，他見到埃力斯從東邊挺進。埃力斯戴著死神敵的白銀面具，半像鬼魂半像怪物，看起來毫無人氣。凱爾聽見埃力斯大喊，見到萬能手套在空中閃現赤銅顏色，示意要他的混沌獸攻擊。

牠們在他周圍往前衝刺，而聯合院的叛徒接受雨果的指揮，也同樣往前衝。只有艾倫不為所動，他站在原處，這個孤單的黑色身影是已被遺忘的前喚空者，混沌獸繞過他不斷通過，他就像是河流中央的大石頭。

大軍攻向聯合院魔法師的東翼，那裡開始傳出吶喊尖叫。凱爾驚駭地找尋塔瑪拉和賈思珀的蹤跡，但未見到學生出現在戰士中。他希望他們已被推向後面，在那裡應該可以受到妥善的保護。

兩軍之間不再有清楚的地面分界，只是一片混亂的局面——賈思珀的爸爸和如佛大師雙雙以鋒利冰箭交手。唐楓大師用鍊金術彎刀格開了幾名混沌獸，利刃削進牠們的身體，牠們應聲倒地，在地上抽搐。

拉雯盤旋其間，在聯合院魔法師上方繚繞濃煙，和安娜絲塔西亞互噴烈火較量。安娜絲塔西亞部分戰袍已經焦黑了，但仍舊穩住陣腳。

「凱爾！」在激烈的戰鬥和交鋒中，傳來埃力斯的叫喊：「凱爾，攻擊！」

凱爾深呼吸，他知道自己必須採取怎樣的行動。加上他麾下的混沌獸，埃力斯或許就可以擊敗聯合院的魔法師。而如果少了這批軍隊，埃力斯就難以獲勝。

凱爾汲取虛空魔法結合他的意志，再傳達給受他指揮的混沌獸，好讓牠們完全了解他的意願。「我所創造的各位！」他大喊：「**起舞吧！**」

片刻之間，牠們有如快閃族一般，同步執行凱爾想要的動作。牠們踢腳轉身，及時呻吟跟上沒有人聽得到的旋律。牠們往空中振臂，擺動身體，然後趴下。這真的是太荒謬了，荒謬到一時間大家都停下了動作，就連元素獸像是也充滿好奇。

有些魔法師甚至放聲大笑。

但是埃力斯沒有笑，他看起來氣瘋了。

「你白痴！」他大叫，就往凱爾站立的地方飛來。「這是你最後一次愚弄我！」

白銀面具映著光，凱爾在上面見到他自己的映像。然後埃力斯拉下面具，露出底下盛怒脹紅的臉龐。萬能手套在他另一隻手上閃耀，凱爾毫不懷疑埃力斯的打算。

至少，凱爾知道他的混沌獸被其他事盤據住了，而且還會忙上好一陣子。他在他的指令中注入足夠的魔法意念，讓埃力斯難以瓦解，不過這也讓凱爾在戰鬥開始前就已筋疲力竭。況且，自從他讓出部分靈魂後，他的魔法就變得消耗快速，也就不容易擊敗埃力斯了。

不過，他用不著求生獲勝。

凱爾運用他的力量，撕裂了一個通往虛空的洞口。他可以感受到那裡的混沌，冰冷滑膩，脈動著其所應許的浩瀚力量。

埃力斯舉起戴著萬能手套的手臂，直指凱爾。凱爾努力汲取混沌，送向埃力斯，但是太遲了。

小肆搶先一步。

混沌狼撲向埃力斯，咬住他覆著金屬的手臂，原本應該射中凱爾的光線卻射中了牠。

「小肆！」凱爾大喊，但是光線已正中小肆的胸口，力道讓混沌狼凌空飛起。小肆的身體一軟，接著重重跌落地面。

凱爾不再思考魔法，不再思考戰爭以及一切。他強忍住左腳的痛楚，跌跌撞撞衝向埃力斯，往他的臉上揮了一拳。

埃力斯蹣跚退後，嘴唇裂了，看起來像是驚訝萬分。凱爾的指關節好痛，他從未揍過任何人。

埃力斯冷笑一聲，萬能手套揮向凱爾的頭側，打得凱爾四腳朝天倒在草地上。凱爾看得到小肆的身體，牠就癱倒在離他不遠的地方，動也不動。

凱爾掙扎起身，而埃力斯已再次拿起萬能手套對準他。此時，艾倫出現了，他扭擰著埃力斯的手套，兩人相持不下，各抓住萬能手套的一端。

「混沌獸！」埃力斯大喊：「到我身邊！」

凱爾爬向小肆，用自己的身體護住混沌狼，並且再度召喚混沌。它盤旋在他周圍，許諾著黑暗。

他以憤怒餵養它，他憤怒約瑟大師，因為他奪走他的選擇，綁架他，並且強迫他成為君士坦。他憤怒死亡，因為死亡帶走了艾倫，帶走了他的媽媽，帶走了小肆，在他的內心中央留下一個撕裂的黑暗大洞。他朝混沌注入怒火和失落，注入悲傷，最後注入恐懼，他恐懼自身的死亡，以及在他犧牲另一頭的事物。

在餵養混沌各種情緒時，他感覺到能量從他身上傾巢而出，他體內的一切泉湧形成虛空的力量。埃力斯放聲尖叫，只見沉重的黑色盤旋物質有如巨蛇般纏繞著他。

凱爾用力喘息，他感受到地球重力把他往下拉，身體衰弱疲軟。他見到艾倫獨自屹立在戰場上，混沌獸無視艾倫的存在。他對牠們不具意義，不是魔法師，而且或許就跟牠們一樣，甚至不是真正活著。

艾倫凝視著凱爾，搖搖頭。凱爾知道這是因為自己現在應該探求平衡力，但是他現在沒有平衡力了——而就算是有，他也不知道自己還有沒有辦法探觸它。這需要太多魔法了，而這正在舔舐他的靈魂。

埃力斯往他身上回擊混沌，令人窒息的旋繞黑霧拉他進入。

他想到拉雯，想到她因為使用太多火魔法，而變成火的被噬者時，必定有過的感覺。他現在看到她了，火花四濺飛過空中。不再是人類。他不想成為混沌的生物。因此，他用僅存的魔法推開了混沌——把它全數推回虛空，連同埃力斯推回去。埃力斯奮戰，朝凱爾送出一道道虛無的盤旋箭身，但是凱爾掏出最深層的靈魂找尋力量。

埃力斯了解到凱爾的意圖後，神情變形扭曲，但他還來不及尖叫，就被拉進虛空，消失得無影無蹤。在草地的另一頭，他的混沌獸為他齊聲哀號，戰場迴盪起一聲恐怖的長啼。接著，牠們咔噠咔噠停下動作，彷彿電池冒出火星、電力耗盡的玩具。

凱爾望著剛才艾倫站立的地方，他卻已經不在那裡。凱爾轉身找尋他，找尋認識的人，但他的眼睛難以對焦。他頭暈目眩，視線變得模糊。他癱倒在地上，眼前一黑。他不知道自己是墜入混沌，還是進入更為深層的地方。

保持清醒，他命令自己。

活下去。

「凱爾倫姆！」如佛大師在說話。「凱爾倫姆，你聽得到我嗎？」

他不知道時間過了多久。

「凱爾，拜託你沒事，求你了。」

那是塔瑪拉，她聽起來像是哭了好一陣子。她之前是那麼生氣，這實在沒道理呀。

凱爾想要說話，想要告訴她說他沒事。他卻做不到，或許他根本不是沒事。

他微微撐開眼睛，可能太細微了，所以沒有人注意到。他的視野模糊，但他想得沒錯：塔瑪拉俯身在他上方，不斷流淚。他想要告訴她不要哭了，但或許她不是為他哭泣，或許她是為小肆感到難過，這樣比較有道理。如果他告訴她說他沒事，而她卻是因為小肆在哭，那對他們兩人來說就太尷尬了——尤其因為他也可能會開始為小肆而流淚。

「你辦到了。」她對他低語：「你拯救了大家，凱爾，拜託，拜託你醒來。」

聽到這句話，他更加努力移動，卻還是做不到。就好像他身上的每一部分都負重垮下，就連完全張開一隻眼睛，也像是在對抗重量。

「我來告訴他一些會讓他開心的事。」賈思珀的聲音從他身體的另一邊傳來。賈思珀成了塔瑪拉身後的一團模糊黑髮，如果凱爾可以呻吟，他一定會呻吟。「凱爾，瑟莉亞和我復合了，是不是很棒呀？」

剎那間，凱爾出現一個愉快的短暫幻想，就是大家會替他揍賈思珀一拳。不過卻沒有人這麼做，這不公平。

「他快死了。」有人說。是聯合院的葛雷夫大師，這種毫無情感的語氣，絕對錯不了，他聽起來沒有因為自己做這樣的宣布而特別不愉快。「為了拯救大家，他使用了太多混沌魔法，靈魂現在必定千瘡百孔。」

如佛大師緩緩轉身，即使透過模糊不清的視線，凱爾都看得出他轉向另一名魔法師時臉上的怒意。「他這樣做是因為你。」如佛大師說：「葛雷夫，這是你造成的，別以為我們當中會有人忘記。」

葛雷夫傳來一聲抽動鼻子的聲音，然後凱爾聽見另一個聲音，愈來愈接近。塔瑪拉抬頭望，整個人愣住了。只是她沒移動，也沒說什麼話，就這麼看著另一個身影愈來愈靠近。儘管模糊不清，凱爾還是認得出來。

是艾倫。

艾倫跪在他身邊，沉靜地伸出他冰冷的手，放在凱爾胸口。

「我可以幫他。」艾倫說。

「你要做什麼？」塔瑪拉問。凱爾在想，她是否還記得自己對他說過，艾倫關心凱爾是因為他體內擁有凱爾部分的靈魂。

艾倫是一圈模糊的耀眼頭髮，他的聲音堅定，幾乎就像原本的艾倫。「凱爾不應該死，我才是應該死的人。」

塔瑪拉吸了一口氣。凱爾努力睜大眼睛，努力想說話，想要阻止艾倫，但接著，他感到艾倫的手放在他身上，某種東西傳來，深深進入他的心胸。

突然間，他又有空氣可以呼吸了。不知什麼進入了他的胸腔，恍如翼動的翅膀輕輕觸動，他感覺到它刷過他的靈魂。

觸靈術，艾倫在進行兩人都學過的觸靈術。但怎麼會？艾倫不再是魔法師了，也不是喚空者。但何必掛懷？他是想知道別人靈魂消逝熄滅時是怎樣的感覺嗎？

「你在做什麼？」塔瑪拉低語：「拜託不要傷害凱爾，他的傷勢已經夠重了。」

艾倫不發一語，而凱爾又感覺到了，這樣的觸動深入他的內心。他受傷的靈魂平靜下來，像是直到現在他才知道自己所缺失的東西，現在已開始回到他身上。

他用力喘息，張開了眼睛。他的視野不再模糊，事實上，一切照耀著光芒。他的身體猛然抽動。

「他還活著！」如佛大師歡欣地說：「凱爾！凱爾，你聽得到我說話嗎？」

凱爾點點頭，他的頭好痛，卻不再窒息暈眩。他凝視艾倫，質問他：「你做了什麼？」

「我把你的靈魂還給你了。」艾倫說：「就是你用來讓我復生的那個碎片，我把它放回你的體內。」

「艾倫。」塔瑪拉低語。

「塔瑪拉。」艾倫說：「沒事的。」他的聲音中有一種凱爾自從艾倫死後，就再也沒聽過的溫柔語氣。這讓他感覺胸中像是有東西膨脹了，膨脹巨大到快要壓碎他的肋骨，讓他尖叫。他幾乎見到了連結他和艾倫的那些無形細線——如絲般細緻的金色靈魂細線延伸在他們兩人中間。

而混沌的相反物是人類的靈魂。

葛雷夫大師口沫橫飛說著：「但這不可能，這做不到。靈魂不能像這樣來來回回交換，又不是玩牌！」

凱爾坐起身，戰場上有濃煙四起。魔法師東奔西走，熄滅火焰，圍捕混沌獸和叛黨。凱爾見到賈思珀的爸爸被兩名結實的魔法師帶走，卻到處不見綺米雅的蹤影。

「所以我沒事了？」凱爾不可思議地詢問，視線從塔瑪拉到艾倫，再到如佛大師。

「我們兩人都沒事了？」

但是艾倫沒有說話，他的臉色非常蒼白，像是感覺寒冷，仍用雙手環抱住自己。「凱爾。」他氣如游絲，嘴唇發青。「本來就不會是我，我不是英雄，你才是英雄。」他勉力露出微笑，卻只是嘴角微揚。「一直是你。」

「艾倫！」凱爾大叫，但是艾倫已癱倒在他和塔瑪拉中間。塔瑪拉啜泣，一隻手放在艾倫的肩上搖晃他，只是她手底下的艾倫卻動也不動。

凱爾感覺到自身的靈魂拚命衝向連結他和艾倫的金色細線，彷彿他的靈魂無法忍受讓艾倫離去。剎那間，這種感覺是如此強烈，凱爾以為自己又要昏迷了。他集中精神，穩住自己，然後注入所有力氣和能量，使勁把金色細線拉過來。

「艾倫走了。」塔瑪拉輕聲說

凱爾張開眼睛，艾倫一臉平靜地躺在地上。或許這才是最好的，或許他應該以這樣的方式接受它，但是凱爾還是恐懼萬分。想到失去艾倫，又失去小肆，實在沉重到難以承受。

凱爾環顧四周找尋他的狼，到處都看不到小肆。牠不在原本摔落的地方，是有人移走牠的身體了嗎？

他渾身顫抖，想要見爸爸，想要見阿勒斯泰。他感覺到一雙溫柔的雙手放在他身上，如佛大師扶住凱爾的肩膀。他不記得如佛大師有如此溫和的時刻，但是這個碰觸中只有仁慈寬和。如佛大師扶著他，看著一群魔法師帶著擔架過來，把艾倫的身體搬到上面。

他胸口的痛楚不肯離去，腦中嗡嗡作響。

場上有其他一群一群的魔法師，忙著把其他身體放上擔架。「小心照料他。」凱爾粗嘎地說，魔法師抬起放著艾倫的擔架，準備帶走他的身體。「別傷到他。」

「他不會受傷的。」如佛大師輕柔地說：「凱爾，他已經超脫一切了。」

塔瑪拉掩面輕輕啜泣，就連賈思珀也不發一語，臉上沾滿塵沙。

凱爾想要站起來，追上擔架，搶下艾倫，帶回他的朋友。這太可笑了，因為艾倫已經死了。就算凱爾蠢到作出兩次這樣的恐怖選擇，艾倫現在的死亡也早就超出凱爾的能力，無法喚回他的靈魂了。但這一次，凱爾想要確保艾倫得到一個真正的葬禮。

就算凱爾再次入獄，無法參加也一樣。他想到圓形監獄裡他那間舊牢房的牆壁，或許現在回去那裡也不算太壞，或許會讓人心情寧靜。

然後，他又想起他們讓圓形監獄變成什麼樣子，呃，他確定還有其他魔法師的監獄。或許其中一間就可以了。

「凱爾，沒事的。」如佛大師像是看穿了凱爾的心思。「他會得到英雄式的葬禮，艾倫的名字永遠不會被人遺忘。」

一個影子籠罩在他們身上。「凱爾倫姆，你要跟我走。」聯合院主席葛雷夫說，他看起來像是很失望凱爾居然挺過來了。

「凱爾倫姆什麼地方也不去。」如佛大師說：「他救了我們大家，也幾乎為此犧牲了自己的生命。如果你敢逮捕他，我就會把你封入石頭。就像艾倫說的，凱爾倫姆‧亨特是英雄。」

「沒錯。」塔瑪拉說：「敢碰凱爾倫姆一下，我就燒掉你的手指頭。」

凱爾大感詫異地看著她，他認為她的確了解他並非是邪惡化身，卻以為自己已永久失去她的友誼。

但是當他不太確定地對她露出微笑時，即使眼中仍銜著淚水，她還是回報笑容。

接著，從群眾中傳來一聲吠叫。凱爾及時轉身看到小肆跳上來，凱爾抱住狼的脖子，把臉埋在溫暖的狼毛裡。

「你沒事。」他輕語。

然後，他往後退來確認。盯著小肆的臉時，他注意到小肆的眼睛不再閃爍，成了穩定不變的深金色。萬能手套必定還是打中了小肆，它沒讓小肆送命，只是帶走牠身上的混沌。小肆現在成了普通的狼。

一隻普通的狼用粉紅色的舌頭，舔著凱爾的臉頰。如佛大師和塔瑪拉協助凱爾站起來，當魔法師飛過戰場，撲滅火苗並且逮捕最後的變節魔法師時，凱爾和他的朋友蹣跚走向拉雯，拉雯有如燃燒的火柱，站在其他已經就緒等待飛回教誨院的元素獸身旁。

就在他們幾乎走到她身邊時，凱爾聽見了，他的腦海深處傳來一個小小的低語。一個好奇、友善又深情的聲音，如此熟悉，彷彿直接在他的胸口打出一個洞；如此熟悉，他感覺到觸動靈魂的回音貫穿了他全身，腳步差一點絆倒。

凱爾，我想我這次真的回來了，艾倫的聲音說道：現在，我們到底要做什麼呢？

尾聲

這是一個晴朗的日子，陽光照耀在群山簇擁的一個小城鎮。小鎮屹立了數百年，飽經雨水和冰雪洗滌的牆壁呈現一片柔和的金黃。午後光線低斜，鎮民開始逐漸步入街道，展開傍晚的購物活動。此時，一聲巨大的爆炸聲劃破天際。

在兩座山的中間，一個青草山谷的上方，天空似乎撕裂成兩半，顯露駭人的黑暗。這是勝過黑暗的黑暗，不是欠缺光線，而是缺少所有一切，是徹底的虛空。

虛空內部傳來轟隆隆的聲響，山谷的動物開始奔竄。一陣撕裂聲後，黑暗之中出現了埃力斯‧史特賴克，他騎在一隻巨大的金屬怪物身上，這是聯合院魔法師曾命名為動魔鈍的元素獸。

埃力斯不再是人類，他成了這世界從未見過的一種存在。他成了混沌被噬者，他是混沌，混沌就生存在他的體內，在他黑色眼眸後方閃爍。混沌在他的骨頭、頭髮和血液中劈啪作響，白銀面具再也分不開，它取代了他的臉，就跟他原本的五官一樣有了表情動作。

他身後奔騰著巨流，全是之前被送入混沌的元素獸和動物，帶著閃爍眼睛的狼群、目光死寂、手持武器的魔法師，巨蛇般的元素獸絲卡密絲盤旋其間，嘶嘶抽動著由大氣形成的尾巴。

埃力斯騎著動魔鈍來到山谷邊緣，往下看著底下的城鎮，鎮民有如受驚的黑螞蟻在街上奔竄。他伸出一隻手，混沌彷彿黑煙般盤旋升起。

他笑了。

——2019 年預定上市，敬請期待——

國家圖書館出版品預行編目資料

魔法學園Ⅳ 白銀面具/荷莉・布萊克、卡珊卓拉・克蕾兒；陳芙陽譯. --初版. -- 臺北市：皇冠, 2018.6
面；公分. -- (皇冠叢書;第4699種)(JOY;213)
譯自：Magisterium：The Silver Mask
ISBN 978-957-33-3377-7 (平裝)

874.59 107006635

皇冠叢書第4699種
JOY 213

魔法學園Ⅳ白銀面具

Magisterium：The Silver Mask

作　　者—荷莉・布萊克、卡珊卓拉・克蕾兒
譯　　者—陳芙陽
發 行 人—平雲
出版發行—皇冠文化出版有限公司
台北市敦化北路120巷50號
電話◎02-27168888
郵撥帳號◎15261516號
皇冠出版社(香港)有限公司
香港上環文咸東街50號寶恒商業中心
23樓2301-3室
電話◎2529-1778　傳真◎2527-0904
總 編 輯—龔橞甄
責任主編—許婷婷
責任編輯—平　靜
美術設計—王瓊瑤
著作完成日期—2017年
初版一刷日期—2018年6月

法律顧問—王惠光律師

讀者服務傳真專線◎02-27150507
電腦編號◎406213
ISBN◎978-957-33-3377-7
Printed in Taiwan
本書特價◎新台幣299元/港幣100元